講談社文庫

くもの頭領

公家武者 信平《のぶひら》(九)

佐々木裕一

講談

目次

『公家武者 信平』の主な登場人物

⊙鷹《たか》司《つかさ》松《まつ》平《だいら》信《のぶ》平《ひら》

家光《いえみつ》の正室・鷹司孝子《たかこ》（後の本理院《ほんりいん》）の弟。姉を頼り江戸にくだり武家となる。

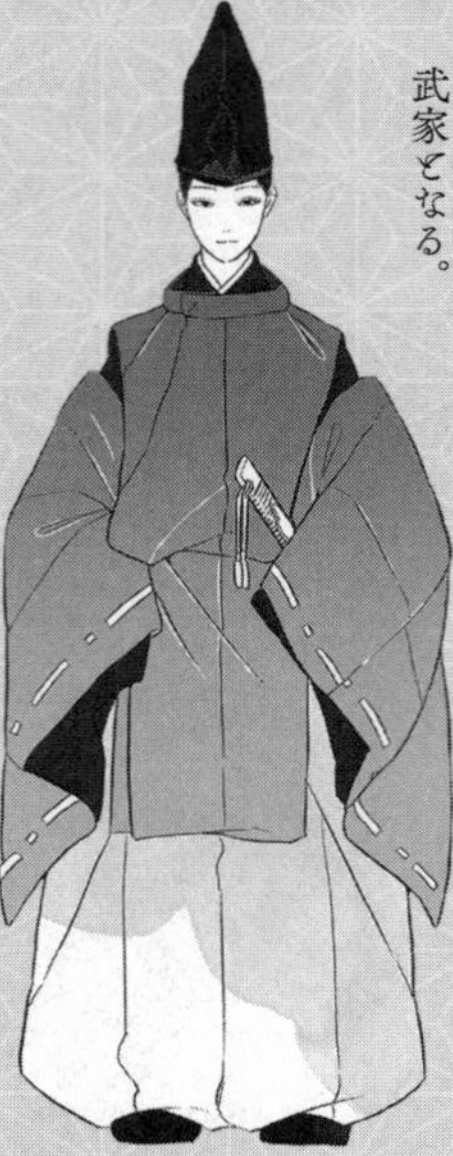

⊙松《まつ》姫《ひめ》

徳川頼宣《とくがわよりのぶ》の娘。軍・家綱《いえつな》の命で信平に嫁ぐ。

⊙信《のぶ》政《まさ》

信平と松姫の一人息子。元服を迎え福千代から改名し、修行のため京に赴く。

⊙五《ご》味《み》正《しょう》三《ぞう》

北町奉行所与力。ある事件を通じ信平と知り合い、身分を超えた友となる。

◉**お初《はつ》**　老中・阿部豊後守忠秋《あべぶんごのかみただあき》の命により、信平に監視役として遣わされた「くのいち」。のちに信平の家来となる。

◉**葉山善衛門《はやまぜんえもん》**
家督を譲った後も家光に仕えていた旗本。家光の命により信平に仕える。

◉**道謙《どうけん》**　公家だった信平に、京で剣術を教えた師匠。信政を京に迎える。

◉**四代将軍・家綱《いえつな》**　本理院を姉のように慕い、永く信平を庇護する。

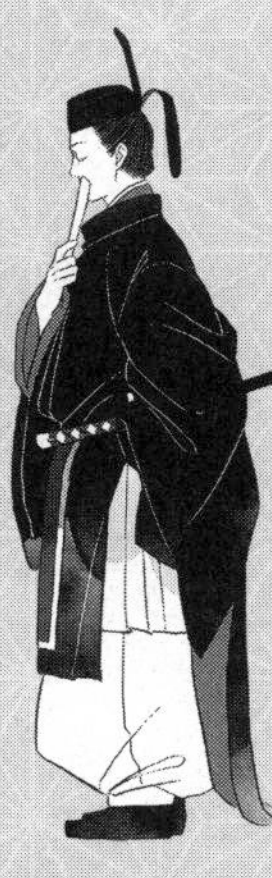

◉**江島佐吉《えじまさきち》**　「四谷の弁慶」を名乗る辻斬りだったが、信平に敗れ家臣になる。

◉**千下頼母《せんげたのも》**　病弱な兄を思い、家に残る決意をした旗本次男。

◉**鈴蔵《りんぞう》**　馬の所有権をめぐり信平と出会い、家来となる。忍びの心得を持つ。

◉**光音《みつね》**　若き陰陽師《おんみょうじ》。加茂光行《かものみつゆき》の孫。千里眼を持つ。

◉**下御門実光《しもみかどさねみつ》**　政《まつりごと》の実権を朝廷に戻そうと暗躍する。京の魑魅《すだま》とも呼ばれる巨魁。

イラスト・Minoru

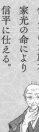

くもの頭領——公家武者 信平《のぶひら》(九)

第一話　蜘蛛《くも》の一党

一

「えい！　えい！」

鷹司《たかつかさ》松平信平《まつだいらのぶひら》の息《そく》、信政《のぶまさ》が発する気合が、緑深い鞍馬山《くらまやま》の谷間に響いている。

聞こえたのはその二言のみ。

木刀がかち合う音が連続し、風が吹き、木々の葉が揺れる。

楓《かえで》の枝で羽を休めていた梟《ふくろう》が、迷惑そうに細い目を開けて沢を見おろした。

雨上がりの沢は水量が増し、岩を伝って落ちる水は荒々しい。

水面に影が映《は》え、音もなく岩を踏み越える信政。対岸の大岩に着地した刹那《せつな》に振り向き、追ってきた師、道謙《どうけん》が打ち下ろす一刀をかわすため、さらに飛びすさった。

片足分の大きさしかない岩に右足のみで着地した信政。その足下は急流が飛沫《しぶき》を上げている。踏み外せば呑《の》み込まれ、命の保証はない。

道謙は、にたりと笑う。

「その岩は、そなたの父もよう使《つこ》うておった」

信政は、応える余裕などない。

「さて、お前はそこから、いかがする」

退路に岩はなく、道謙に向かって攻め込むしかない。

信政は気合をかけ、道謙に飛びかかった。

幹竹《からたけ》割りに打ちかかる木刀を片手で受け流した道謙は、大岩に着地した信政の背中を容赦なく打つ。

だが、空振りした。

信政は、背中に迫る道謙の木刀を、横に転じてかわして見せたのだ。

「やあ!」

気合をかけて振るった木刀は、道謙の足を払うかに見えたが、怪鳥のごとき跳躍を見せた道謙は、信政に空振りさせ、一段高い岩に着地した。

「ほほ、危ない危ない」

愉快かつ、満足そうな面持ちの道謙は、木刀を下ろした。

稽古の終わりを告げる仕草《しぐさ》に、信政は構えを解き、道謙の足下に飛んで片膝をつく。

「ありがとうございました」

「うむ。今日は、まあまあじゃな。明日も励め」

「はい」

「では、上に戻ろう」

信政は応じて、道謙に背を向けた。麓《ふもと》からの険しい山道を、師を背負って駆け上がるのだ。

背を向けている信政に対し、たくらみを含んだ笑みを浮かべた道謙は、懐に大きな石を入れ込んで重さを増し、おぶさった。

「さ、まいれ」

「はい」

立ち上がった信政は、獣道を見上げて一歩踏み出し、山道を登っていった。

江戸の赤坂にいる信平は、千下《せんげ》頼母《たのも》がよこした文により、信政の成長ぶりを喜んでいた。

月見台の日傘の下で隣に座し、待ち遠しい様子で見ている松姫《まつひめ》に微笑《ほほえ》む。

「頼母は五日前に、信政と会《お》うたそうじゃ。春に会うた時よりもさらに、たくましくなっていると書いてある。剣技もさることながら、料理の腕も上達し、鮎飯《あゆめし》が旨《うま》かったそうだ」

松姫は驚いた。

「信政が、鮎飯を炊いたのですか」

「師匠の仕込みであろう。麿《まろ》も炊けるゆえ、今宵《こよい》こしらえてみるか」

これには、そばに控えていた竹島糸《たけしまいと》が慌てた。

「なりませぬ。殿が台所に立たれては、おつうやおたせたちが困ります。それに、お初《はつ》殿が許されませぬ」

あまりの剣幕に信平がたじたじになっていると、松姫がくすくす笑いはじめた。

「糸がこうなのですから、頼母殿は、信政が作った料理を出されて、困ったのではないでしょうか」

「この文からは、喜んでいる様子が見て取れる。一度そなたに、師匠直伝の味を食べさせてやろう」

小声で言うと、松姫は糸を気にしつつ、笑顔でうなずいた。

信平がこのようにゆっくりしていられるのは、奥州から戻って以来二月《ふたつき》、季節が変わっても、銭才《せんさい》に関わることがまったく耳に入ってこないからだ。

葉山善衛門《はやまぜんえもん》は、黒幕が京の魑魅《すだま》と言われる得体の知れぬ公家《くげ》、下御門実光《しもみかどさねみつ》であることに脅威を感じ、信平が関わることで恨みを買い、刺客が松姫や信政に向けられることを恐れている。何より、これまで倒した者の上をいく強敵が現れるのではないかと信平の身を案じ、公儀が頼ってこないことを願っている。

信平は、己のことよりも、陸奥山元藩《むつやまもとはん》の国許《くにもと》へ帰っている宇多長門守忠興《うだながとのかみただおき》のことが気がかりだった。我が子信政と同じ年頃の若き藩主は、家老の裏切りにより、危うく銭才に利用されるところだったが、覚悟を決めて挑み、御家を守った。

そんな忠興を高く買っている信平は、きな臭い奥州でどう過ごしているのか、心配なのだ。

藩邸に問い合わせたところ、無事に到着しているようだが、領地の周りは井田《いだ》家が支配し、孤立している。

井田家と下御門が密《ひそ》かに手を結んでいると疑っている信平は、魔の手が忠興に伸びる気がしてならぬのだ。

「旦那様」

松姫の心配そうな様子に、信平は微笑んだ。

「すまぬ。考えごとをしていた」

松姫は、神妙な面持ちで首を横に振る。

「どうぞ」

差し出された抹茶の茶碗《ちゃわん》を取り、口に運んだ。

頼母が送った宇治《うじ》の茶は、ほんのり甘く、香りが深い。

今日は月見台で茶を点《た》てようという松姫の誘いで、清々《すがすが》しい空の下に出ていたのだ。

茶碗を置くと、赤とんぼが止まった。松姫はとんぼが去るのを待ちながら言う。

「忠興殿のことをお考えですか」

「うむ。何ごともなく過ごされているとよいのだが」

「文を送られてはいかがですか」

「そうしようと思うたが、善衛門に止められた。陸奥藩の兵が人の往来を厳しく見張っているらしく、麿の文と分かれば、使いの者が危ない目に遭う恐れがあるゆえな」

信平同様、井田本家の潔白を疑う善衛門は、公儀が何か言ってくるまで、この件に関わることを望んでいない。

その思いに応えるべく、信平はこうして、のんびり過ごしているのだ。

「やはり、師匠の味を作ろう」

糸は驚き、松姫は喜んだ。

「台所を使えば、糸が申すとおり皆が気をつかうであろうから、師匠に習ったとおり、外で作ろう。鮎が手に入るとよいが」

信平はそう言うと月見台から下がり、江島佐吉《えじまさきち》と鈴蔵《りんぞう》に支度を手伝わせた。

鈴蔵が鮎をたわわに吊《つる》した笹《ささ》を手に戻ったのは、半日が過ぎた頃だ。

買い求めようとしたがこれというのがなかったため、渋谷川《しぶやがわ》に足を伸ばし、自分で獲《と》ってきたという鮎は、形もよく、朝夕が涼しくなりはじめた季節だけに、腹には子を持っていた。

佐吉が熾《おこ》してくれた火で焦げ目がつくまで焼き、出汁《だし》と醤油《しょうゆ》、塩で味を調えた米の上に並べて土鍋で炊き、骨を取って身をほぐした。

「久々ゆえ、信政には負けるかもしれぬが」

信平は茶碗によそい、松姫に渡した。

恐縮しながらも、嬉《うれ》しそうな松姫は一口食べ、目を閉じて喜びの声をもらした。

「美味《おい》しい」

ため息まじりに言い、微笑んでいる。

「旦那様が初めて作られたのは、信政と同じ年頃ですか」

「うむ。あの頃師匠は、まさか麿が江戸にくだって武家になろうとは思いもされておらず、一人でも不便なく暮らせるように、料理もお教えくだされたのだ。長らくお一人で暮らしておられた師匠は、麿も同じ道を進むものと、お考えだったのだ」

「お師匠様は、旦那様が江戸にくだるとお知りになられた時、驚かれましたか」

「うむ。だが、それもよかろうとおっしゃり、止められはしなかった。領地を賜りし時は、民のことを考え、民のために働けと、教えをいただいた」

「旦那様は、よく教えをお守りだと思います。父上はご生前に、見習いたいとお褒《ほ》めでございました」

「それは初耳だな」

「口止めをされていましたから。でも、もうよろしいかと。きっと、笑っておられます」

松姫はそう言って鮎飯を口に運び、また微笑んだ。

「ほんとうに美味しい」

信平も微笑み、穏やかな時を過ごした。

二

陸奥藩井田家の対応に当たっていた大老の酒井雅楽頭忠清《さかいうたのかみただきよ》は、銭才の息がかかっていた二森藩《ふたもりはん》の平林左京太夫春永《ひらばやしさきょうだゆうはるなが》を倒し、二森藩と岩城山藩《いわきやまはん》の領地を実質支配している井田家の動きに、苛立《いらだ》ちを隠せずにいる。

およそ一万もの兵を展開している井田家に対し、再三にわたり兵を引くよう忠告していたのだが、銭才とその一味の煽動《せんどう》と思われる百姓一揆《ひゃくしょういっき》が頻発していることを理由に拒んできた。さらに井田家は本日、左京太夫を成敗した褒美として、旧領である二森と岩城山に加え、公儀が召し上げた旧領を、すべて返還するよう求めてきたのだ。

これに眉をひそめた酒井は、ただちに幕閣を屋敷《やしき》に集め、合議に入った。

合議は朝からはじまったが、夜になってもまとまらなかった。

なんとしても、早急に対応したい酒井は皆を帰さず、一旦休息となり、先ほどから夕食がはじまった。

黙々と食事を摂る幕閣たちを見ていた酒井は、己も箸《はし》を動かしはじめたが、聞こえてきた幕閣の声に顔を上げた。

「今申したのは誰だ」

すると、老中の土屋《つちや》但馬守《たじまのかみ》が箸を置き、膝を転じた。

「それがしにございます」

酒井はうなずき、問う。

「そちは、井田家が兵を挙げると思うているのか」

「旧領を取り戻すことは、井田家の悲願。武功を挙げた今こそが、よい折だと思うて懇願《こんがん》してきたはず。拒めば、兵を挙げる口実にするのではないかと存じます」

酒井はさらに苛立ち、箸と茶碗を膳《ぜん》に投げ置いた。

「そう言われては、強い態度に出られぬ。領地を戻せば、井田家の力が増すがそれでもよいのか」

土屋は困り顔をした。

「そうは申しておりませぬ。ただ、ふと心配になり、稲葉《いなば》殿に気持ちを打ち明けたまでにございます」

すると、列座する幕閣から声があがった。

「御大老、ここは返答を先延ばしにして、井田家の様子を見るべきではないかとそれがしは考えますが、いかがでしょう」

酒井は、意見を求めた。

「方々《かたがた》はどう思うか」

異を唱えたのは、老中首座の稲葉美濃守正則《みののかみまさのり》だ。

「井田家は信用できぬ。先延ばしにしても、それを口実に、公儀に弓を引く恐れがある。陸奥山元藩主の宇多長門守を遣《つか》わしてはいかがか」

酒井は訊《き》く。

「長門守に、何をさせよというのだ」

稲葉は酒井に顔を向けた。

「井田家の大将がいる岩城山城に与力《よりき》の名目で入らせ、井田家が兵を引かぬ理由としている一揆が真実か否かを確かめさせるのです」

酒井は渋い顔をした。

「まだ幼い長門守には荷が重い。調べるならば、大目付の前山安房守《まえやまあわのかみ》が適任と思うが、いかがか」

これには土屋が賛同した。

「安房守は二年前、我らが長年探し続けて見つけられなかった蜘蛛の一党の頭領を捕らえたほどの者。まかせておけば、間違いございますまい」

「なるほど、安房守ならば安心じゃ」

「それがしも、よろしいかと存じます」

その場にいる者たちから賛同の声があがり、酒井は、黙っている稲葉に問う。

「安房守ならば造作もないことと思うが、どうじゃ」

稲葉はうなずいた。

「確かに、安房守の配下は、隠密《おんみつ》として優れた者ばかり。よいお考えかと」

前山の探索力は、たたけば埃《ほこり》が出そうな老中たちも恐れるほど。老中たちは、すぐに調べが付くと安堵《あんど》し、場の空気が和《なご》んだ。

酒井がさっそく、前山を呼ぼうとしたところへ、小姓が来た。

「お食事のところご無礼いたします。殿、井田家より火急の知らせにございます」

酒井がうなずくと、小姓は皆の前を通ってあるじに歩み寄り、書状を差し出した。

目を通した酒井は、何ごとかと見ている老中たちに言う。

「岩城山城下で、下御門の手下と思われる者を一人捕らえて拷問したが、しぶとく口を割らぬため、公儀に委ねたいと言うてきおった」

老中たちは顔を見合わせ、稲葉が言う。

「井田家ともあろう者が、咎人《とがにん》を持て余すとは思えませぬ。我らに対して、気をつかっているのでしょうか」

「分からぬ」

応えた酒井が書状を読み返していると、土屋が言う。

「相手が下御門の手下ならば、公儀に渡すことで、我らの井田家に対する不審を払拭しようとしているのではございませぬか」

酒井は土屋に顔を向けた。

「それならばよいが、油断は禁物じゃ」

「ここは井田家の申し出を受け、安房守に調べさせてはいかがでしょうか。一揆が真実と分かれば、長門守を遣わさなくともすみまする」

酒井はうなずいた。そして稲葉に言う。

「それでよいか」

「よろしいかと。安房守ならば、必ずや口を割らせましょう」

「では、本日の合議はこれまでといたそう。皆、ご苦労であった」

酒井はただちに前山家へ使者を立て、咎人受け入れの支度を整えるよう命じた。

三

数日後、漆黒《しっこく》の鎧《よろい》で揃《そろ》えた井田家の兵百数十人が、千住《せんじゅ》の宿場に入ってきた。

その物々しい姿に町の者たちは驚き、道の端へ寄って空けた。店の中に駆け込む者、走って逃げる者が続出し、通りは騒然としている。

騎馬武者が先導する行列の中ほどには、槍《やり》を持った四人の武者に守られた唐丸駕籠《とうまるかご》がある。

囚《とら》われている男を見た町の者たちは、

「いったい何者だ」

「これだけの軍勢に守られているんだから、極悪人だぜ」

「それにしてもずいぶんな姿だが、息をしているのかい」

「さっき呻《うめ》いたのを聞いた。あれでよく生きているもんだ」

痛々しそうな顔をして言っている。

やがて兵たちは千住大橋を渡り、待っていた羽織袴《はおりはかま》姿の、前山が遣わした家来が促すに従い、道を左に曲がった。

用心深い前山は、井田家の兵を江戸城曲輪《くるわ》内の屋敷には入れず、上野のはずれにある別邸へ咎人を連行するよう、前もって井田家に知らせていた。

その別邸こそが、前山自慢の隠密が詰める場所。拷問にかけるための建物まであり、いわば、大目付としての役目をまっとうする本拠地だ。

唐丸駕籠を守る井田家の兵は、案内の侍に従って別邸に来ると、裏門の前で止まった。

兵を率いてきた井田家の徒頭《かちがしら》が馬を降り、門から出てきた前山に対し、兜《かぶと》を着けたまま頭を下げた。

応じた前山は、咎人を検《あらた》めに行く。

縄できつく縛られている男は、井田家の拷問によって顔が赤黒く腫れ、生爪も剝がされていた。

町の者たちが顔を背けるほどの痛々しい姿に、前山はまったく表情を変えず、神経質そうな面持ちをして検分し、井田家の徒頭を労《ねぎら》い、藩主時宗《ときむね》に宛てた書状を託した。

受け取る徒頭に、前山は問う。

「ところで、鶴宗殿《つるむね》は大人しゅうしておるか」

書状を押しいただいた徒頭は、配下の者に渡さず胴具の中にしまい、引き締まった顔を前山に向ける。

「隠居所にて、刀造りに没頭しております」

前山はうなずく。

「それはよいことじゃ。若き時宗殿は鶴宗殿を悪い手本とされ、これより先も、公儀に無断で公家に近づかぬことを切に願う」

心底《しんてい》を看破せんとする眼差《まなざ》しを向けて言うと、徒頭は頭を下げた。

「我らも、大目付殿と同じ思いにございます」

「咎人は確かに受け取った。本日はまことに大儀であった。書状のこと、頼むぞ」

「はは！　では、これにてごめん」

「軍装のまま江戸の藩邸に向かうことは、まかりならぬぞ」

「心得ておりまする。我らこれより、来た道を戻りまする」

頭を下げてきびすを返した徒頭は、馬に跨《また》がり、兵を率いて引き上げた。

用心深い前山は、家来の一人に見届けるよう命じ、軍勢の後を追わせた。

家来たちが唐丸駕籠を裏門から入れ、門扉が閉ざされる。

井田家の者たちは、誰一人振り返ることなく来た道を戻り、やがて、雑木で見えなくなった。

前山が腹心の家来に問う。

「沢村《さわむら》、どう見た」

すると、鋭い目つきを道に向けていた沢村は、真顔で言う。

「井田家の手勢に、怪しい素振りはありませぬ」

「では、咎人はまことに、下御門の手下と思うか」

「痛めつけられようから察するに、井田家の味方ではないことは確かかと」

「うむ。では、一揆の事実と、下御門の居場所をしゃべらせろ」

「承知いたしました」

沢村は脇門を開けて、前山が入るのを待ち、後に続いて潜《くぐ》る。

前山は母屋に向かい、沢村は、唐丸駕籠が運び込まれた別棟に向かった。

男は唐丸駕籠から出され、石畳の床に正座させられていた。

まずは沢村の配下が下御門の居場所を問うが、男は薄《うす》ら笑い、黙っている。

配下が沢村に目を向けてきた。

沢村は男の前に立ち、見下ろして言う。

「我らの拷問は、井田家とはくらべ物にならぬぞ。死ぬより苦しい目に遭う前に、問うたことに答えよ。貴様は下御門の手下か」

「いかにも」

「では、一揆は事実か」

「いかにも」

抑揚のない同じ返答をする男に、沢村はさらに問う。

「下御門は、どこにおる」

髪が乱れ、顔が腫れている男は細くなった目で沢村を見上げ、紫に変色した唇の端を上げた。

余裕の笑みに見えた沢村が、ため息をつく。

「もう一度訊く。下御門は……」

「腹が減ったなあ！」

沢村の言葉を切って大声をあげた男が、黒い歯を見せてにたりとした。

沢村が怒りを堪えて言う。

「飯を食わせればしゃべるか」

「ああ？　馬鹿かお前」

男はまた、にたりとした。

沢村は、厳しい顔で男を睨《にら》んだ。

「愚弄《ぐろう》したことを後悔させてやる。やれ」

応じた配下が男を立たせて水樽《みずだる》の上に逆《さか》さ吊りにし、水責めをはじめた。

頭から水の中に下ろされた男は、苦しみに身体《からだ》をゆらして抵抗したが、配下が押さえ込む。

頃合いを見た沢村が指図し、溺れ死ぬ前に引き上げられた。

息を吸うか吸わぬところでまた落とされ、樽の中が泡立つ。

程なく引き上げられた刹那、男は木刀で腹を打たれた。

痛みに呻くやいなや水に落とし、もがいたところで引き上げる。

今にも気を失いそうな男の頬をつかんだ沢村が、厳しい口調で下御門の居場所を問う。

「言え。言わぬか！」

木刀で打ち、言わねばまた水に落としたが、男は口を割らない。

水責めの次はたたき、逆さ吊りなどを繰り返し、目を背けたくなる拷問が続けられたが、男はしぶとい。それどころか、

「下っ端に、話すことなどない」

と、せせら笑った。

「おのれ！」

激昂《げきこう》した沢村が木刀で激しく打つと、男はついに、気を失ってしまった。

大汗をかき、息が上がっている沢村は、木刀を配下に投げ渡して言う。

「殿を呼んでくる。逆さ吊りをやめよ。火を焚《た》いておけ」

応じた配下たちは、男を下ろして地べたに寝かせ、四方を囲んで見張った。別の家来たちは、囲炉裏に薪《まき》を積んで油をかけ、火をつけた。

沢村から話を聞いた前山は、不機嫌な顔を向けた。

「お前らしくもない。まだまだ手ぬるいのだ」

沢村が頭を下げる。

「火あぶりのお許しをいただきとうございます」

「その前に、下っ端に話さぬと申すなら、わしが問うてやろう」

前山は立ち上がり、沢村を伴って別棟に向かった。

ふたたび吊るされた男は、配下の手によって意識を戻された。

前山は、ぐったりしている男の前に立ち、

「大目付の前山だ」

威厳をもって名乗る。

すると、男はにたりと笑った。

「やっと、お出ましか」

「苦しい目に遭うのはうんざりであろう。まずは名を申せ」

だが、男は真顔になって押し黙る。

これには沢村が怒った。

「貴様の望みどおり、殿が足をお運びくださったのだ。言わねば、死ぬより辛《つら》い思いをすることとなるぞ」

男は前山を見て何かを言ったが、声が小さい。

前山が渋い顔をして一歩近づく。

「今なんと申した。もっと大きな声でしゃべれ」

「我の名は、伊豆《いず》」

男はそう告げるなり、口から黒い唾を吐きかけた。

目に入った前山は絶叫した。

「目が焼けるようじゃ」

両手で目を押さえて苦しむあるじを助けようと、沢村たちは水樽まで連れていき、目を洗った。

「痛い。目が痛い！」

叫ぶ前山は、苦しみもがき、家来たちの手を振り払って水樽に頭から突っ込み、目を洗った。

「殿、殿！」

家来たちが助けようとするも、前山は正気を失ったように暴れ、戸口まで行ったところで気絶してしまった。

大騒動となる中、伊豆はどのような技を使ったのか、吊るされていたはずが降り立っている。気付いた家来が前山から離れ、脇差しを抜く。

「おのれ！」

怒鳴って斬りかかった家来の手首を受け止めた伊豆は、腕をへし折り、奪った脇差しで胸を突き殺す。

「斬れ！　斬り殺せ！」

沢村が叫び、応じた配下たちが壁にかけていた大刀《だいとう》をつかんで抜き、伊豆を囲む。

「やあ！」

気合をかけて斬りかかった配下の一撃を脇差しで弾いた伊豆は、首に当てて引き斬り、別の配下に迫って胸を突き、背後から斬りかかった配下を見もせず刀をかわし、腹を突いた。

騒ぎを聞いた五人の家来が駆け付けたが、さらに奪った大刀で立ち回る伊豆にかすり傷一つ付けられず、ことごとく斬り殺された。

気絶した前山を守る沢村は、剣の腕に優れた配下たちがまったく相手にならぬ伊豆に、血相を変えている。だが、前山家随一の遣い手であるだけに、正眼に構える刀の切っ先は、ぴたりと、伊豆の喉《のど》に向けられている。

伊豆は鼻先で笑い、刀を右手に下げた。

じり、と、一歩間合いを詰めた沢村は、伊豆がぴくりと反応する隙を逃さず、

「おう！」

一足跳びに突く。

だが目の前から、伊豆が消えた。

向かって右に飛んだ伊豆を追い、沢村が刀を一閃《いっせん》する。

右手の刀で受け止めた伊豆は、左の指二本で沢村の喉を突く。

沢村は目を見開いて呻き、喉を押さえて倒れた。

刀を捨てた伊豆は、苦しむ沢村を見下ろし、とどめを刺さずに背中を向けた。

前山が意識を取り戻したのは、程なくのことだ。己が吊るされていることに気付いて目を見張り、手塩にかけて鍛えた隠密たちの骸《むくろ》が並んでいることに絶句した。前山が続いて見たのは、伊豆の背中だ。炎が上がる囲炉裏の前に立ち、何かをしている。

息を詰めて見ていると、

「気がついたか」

伊豆がそう言い、振り向いた。

火柱を上げる薪の中に、刀が刺し込んである。

何をするつもりか悟った前山は、伊豆を睨んだ。

「貴様、何が狙いだ」

「お前らの拷問は手ぬるい。あれでは、しゃべる気が失《う》せるというもの」

伊豆は薪を取り、

「拷問のやり方をよく見ておけ」

前山にそう言うと、縛られて身動きできぬようにされている沢村に歩み寄り、足の裏を焼いた。

沢村は歯を食いしばって呻き、痛みに耐えている。

そんな沢村から、伊豆は火を離して言う。

「お前たちがしてきた拷問を受けるのは、どんな気分だ」

すると沢村は、笑って見せた。

伊豆は真顔で言う。

「言ったはずだ。お前たちのは手ぬるいと」

薪を捨て、炎から刀を取り出した。

赤く焼けた切っ先を向けられた沢村は、伊豆を睨み、

「殺せ」

覚悟を決めた態度で言う。

伊豆は無表情で、焼けた切っ先を右目に当てた。

頭を柱に縛り付けられている沢村は、抗《あらが》うこともできず絶叫した。

刀を引いた伊豆は、無表情で左目に近づける。

沢村は悲鳴をあげ、命乞いをした。だが容赦なく、左目も潰された。

悲鳴と、人肉《じんにく》が焼ける臭いの中で、前山は顔を引きつらせて声も出せない。

伊豆は、気を失った沢村から離れて刀を囲炉裏に戻し、前山の前に立った。

「なんでも言うから、助けてくれ」

無様に叫ぶ前山に、伊豆はほくそ笑む。

「お前が二年前に、大坂で捕らえた者の居場所を、教えてもらおう」

「に、二年前……」

いきなり腹を殴られ、前山は呻く。

「思い出したか」

「…………」

もう一度殴ろうとした伊豆に、前山は悲鳴をあげた。

「待ってくれ！　待て、それだけは勘弁してくれ、打ち首にされる」

「打ち首か」

伊豆は炎から刀を抜き、前山の右足に当てた。

耐えかねて悲鳴をあげる前山は、目の前に赤く焼けた切っ先を向けられ、息を呑んだ。

「お前も目を潰されたいか」

「わ、分かった！　知っていることは話す！」

刀を囲炉裏に戻した伊豆は、前山に歩み寄った。

前山は、己が知るすべてのことを吐露した。すると、伊豆はじろりと見上げる。

「たったそれだけか」

「嘘《うそ》ではない。わしは、命じられたまま捕らえただけだ。後のことは知らぬ」

「つまらぬ」

伊豆は囲炉裏に向かい、刀を取った。

「ま、待て。待ってくれ」

別棟から絶叫が響き、しばらく続いていたが、周囲にあるのは森のみで、助けに駆け付ける者は誰もいない。

程なく、裏門から出てきた伊豆は、あれだけの拷問を受けながら辛い顔一つせず、むしろ痛みを喜ぶような面持ちをしてあたりを見回し、その場から去った。

声がしなくなった屋敷は、ひっそりと静まり返っている。

四

「お初殿、いただきます」

五味正三《ごみしょうぞう》が嬉しそうに言い、わかめと豆腐の味噌汁《みそしる》を一口すするなり、うっとりした顔をした。

「ああ、旨い。疲れが抜けていくぅ」

おかめ顔をさらにだらしなくする五味に、朝餉《あさげ》を摂る手を休めた善衛門が言う。

「その様子だと、宿直《とのい》明けか」

「ご隠居、今は至福の時なのですから、邪念を入れずにおいてくだい」

善衛門は口をむにむにとやる。

「訊いただけであろうが」

五味は相手にせぬ様子でお初の味噌汁を堪能《たんのう》していたが、松姫が食事を終えて下がると、お初がすすめたおかわりを珍しく断り、膳をずらして信平の前に膝行《しっこう》した。

信平が何ごとかと思い見ると、五味は顔を突き出す。

「信平殿、大目付の前山殿をご存じですか」

「名だけは知っているが、いかがした」

「殺されましたぞ。しかも、酷《ひど》いやり方で」

発見したのが百姓だったため町方に届けられ、宿直だった五味の知るところとなったのだが、程なく現れた目付役の茂木大善《もぎだいぜん》により、さして調べる間もなく追い出されたという。

「桜田御門内の大名小路で襲われた、豊田《とよだ》備中守《びっちゅうのかみ》様のことを思い出しまして、ひょっとしたらこれにも銭才が絡んでいるんじゃないかと思って、知らせに来ました」

そう言った五味から、場所が上野のはずれだと聞いた善衛門が問う。

「百姓が見つけたと言うたが、殺されていたのは武家屋敷ではなかったのか」

五味が顔を向けた。

「ところの者は商家の別宅だと思っていたらしく、町奉行所にも、大目付の屋敷だという届けは出ていませんでした。中を見ましたが、どうやら、秘密の場所だったようですね。目付役の慌てようからも、見られてはならぬ場所だったようです」

続いて五味の口から出たのは、酷《むご》たらしい殺されかたをされた前山たちのことだ。

どうやら五味は、松姫に気をつかってくれたようだ。

そう思う信平は、大目付と配下の隠密たちが無残な姿で見つかった状況から、五味の言う通り銭才の仕業と疑った。

「茂木殿は、何か言っていたか」

五味は首を横に振った。

「とにかく慌てた様子で、それがしにも何もおっしゃらず、追い出されました。まあ、大目付が殺されたのですから、隠したかったのでしょう。発見した百姓には、口外すれば牢《ろう》に入れると言って、脅されていましたから」

すると善衛門が怒った。

「おぬしは止められたくせに、さっそくしゃべっておるではないか」

「もし銭才の仕業であれば、茂木殿は必ず、信平殿を頼りに来られましょうから、先に知っておられたほうがよいと思いましてね」

呑気《のんき》な調子の五味に、善衛門は言う。

「心配するな。殿には近頃、井田家のことも銭才のことも、お耳に入らぬ。茂木殿が来ることもあるまい」

「え、そうなのですか？」

「そうじゃとも。わしはそれでよいと思うておる。何せ相手は京の魑魅だ。銭才がその手先か真の黒幕かは知らぬが、今こそ公儀が動くべきであろう。わずか三千石の当家に、何ができようか」

すっかり家老気分の善衛門に、五味はうなずく。

「そうですね。これは、いらぬことを言いました。でもそうと聞いて安心しましたよ。安心したら、なんだか腹が減ってきた。お初殿、おかわりお願いできます？」

振り向いて言う五味に、お初は黙って応じた。

それ以後、茂木が訪ねてくることもなく、信平の耳には、なんの情報も入ってこなかった。

前山家がその後どうなったのかも知らされず、善衛門は安堵している。

しかし信平は、やはり井田家のことと、忠興のことが気になっていた。それを善衛門に話しても、きっと大丈夫だと言って、城勤めをしている甥《おい》の正房《まさふさ》に訊いてくれようともしない。

善衛門は口には出さぬが、鷹司家の血を引き、松平の姓を許された将軍家の縁者である信平が、忍び者のように岩城山城へ潜入し、捕らえられていた茂木と鮫岸《さめぎし》を助け出し、国境まで逃避行を演じたのが気に入らないのだ。

むろん、信平に対してではなく、公儀に対してであるが。

そんな善衛門の気持ちを逆なでするかのように、大老の酒井から呼び出しがきた。

前山の死を五味が教えた日から、半月が過ぎている。

使者を待たせ、信平を呼びに来た善衛門は、

「いやな予感ばかりします。また厄介なことを押しつけるに決まっておりますぞ」

不機嫌に言うが、大老の呼び出しを断ることはできぬ。

信平は使者が待つ客間に行き、承知をした。

ただちに支度を整えて出かけた信平は、佐吉を従えて道を急ぎ、江戸城の本丸御殿

に上がると、茶坊主の案内で大老の部屋に入った。

下座には、先に来ていた茂木が正座しており、信平を見ると神妙に頭を下げた。

「その節はお世話になっておきながら、無沙汰《ぶさた》をしておりました」

「息災そうで何より」

信平は笑みを浮かべて言い、茂木の横に座した。

「今日の呼び出しは、前山殿が命を落とされたことに関わることであろうか」

すると茂木は頭を上げ、厳しい面持ちで見てきた。

「ご存じでしたか」

「風が運んできた」

五味から聞いたと言わずとも、茂木は察したらしく薄い笑みでうなずき、膝を転じて上座に向いた。

「前山様が殺されたことで、敵の狙いが隠密の殲滅《せんめつ》であったと、幕閣の方々は思われているようです。前山様と共に命を落とした者たちは、幕閣も恐れるほど、優れた隠密ばかりでした」

「前山殿は、何を探られていたのか」

「おそらく、井田家ではないかと」

茂木が答えた時、酒井が来た。

上座に向かう酒井に対し、信平と茂木は揃って頭を下げた。

「両名とも面《おもて》を上げよ。信平殿、急に呼び出してすまぬ。茂木も、大儀である」

上座に立ったまままそう言った酒井は、信平が頭を上げると、近づいて向き合い、正座した。

「さっそくだが信平殿、大目付が殺されたことは知っているか」

「はい」

酒井はうなずいた。

「やったのは、井田家が岩城山城下で捕らえた、下御門の手下だということは」

「初耳にございます」

「茂木、信平殿に調べたことを教えよ」

「はは」

応じた茂木は、前山たちが拷問をしていた時に反撃され、皆殺しにされたことと、先ほど言っていた隠密の殲滅が目的であることをもう一度言った。

黙って聞いていた信平に、酒井が言う。

「今茂木が申した隠密の殲滅が狙いというのは、我らがそう思うているよう、敵を欺くための策じゃ」

これには茂木が驚いた。

「では、まことの狙いは何ですか」

酒井が茂木を見た。

「日ノ本中に散っている忍びの、頭領の居場所を聞き出そうとしたに違いない」

「忍び……」

「さよう。身罷《みまか》られた会津公（保科中将正之《ほしなちゆうじようまさゆき》）が恐れておられた者じゃ。この者が下御門の手に落ちれば、日ノ本中に散って暮らす配下の忍びおよそ三万が、そっくり敵になる」

茂木が険しい面持ちで問う。

「三万もの忍びが、この泰平《たいへい》の世にいるのですか」

酒井はうなずいた。

「伊賀《いが》でも甲賀《こうか》でもなく、世に知られておらぬ忍びじゃ。誰にも仕《つか》えず、金で動くその者たちは蜘蛛の一党と呼ばれ、日ノ本中に散っておるゆえ、実態はあまり知られておらぬ。徳川将軍家を守るための家訓《かきん》まで残された亡き会津公の憂えは、その蜘蛛の存在であった。この者たちだけは野放しにできぬとおっしゃり、我らは長年探索を続けておったが、見つけられなかった。その蜘蛛の頭領を、前山が二年前に捕らえたのだ。会津公は命を取らず人質にし、三万の配下の動きを封じておられたのだが……」

そこまで言った酒井は、心労が浮く顔をうつむかせ、深いため息を吐いた。

「まさか下御門が、蜘蛛の一党に目を付けるとは思いもしなかった。会津公がお隠れになられたことにつけ込み、蜘蛛の一党の頭領を狙いに出たのだ。敵の狙いはおそらく、その者の命じゃ。幽閉先で我らが殺したと思わせ、徳川を恨む一党の者たちを取り込もうとしているに違いない」

茂木が血相を変えた。

「井田家が下御門に与《くみ》し、前山殿を殺した者を送り込んだとすれば、これは由々《ゆゆ》しきことです。三万もの忍びと井田家の軍勢が動けば、大戦《おおいくさ》になりまする」

酒井はうなずく。

「そうならぬようにするために、そなたらを呼んだのだ。前山は今の幽閉場所を知らぬはずゆえ居場所が知られてはいまいが、念のため、これに記した場所に行き、蜘蛛の一党の頭領に上様の親書を渡してもらいたい」

親書を受け取る茂木を横目に、信平が問う。

「頭領のことを、詳しくお教えください」

すると酒井が顔を向けた。

「悔しいが、亡き会津公から聞かされているのは菱《りょう》という名と、今渡した幽閉場所のみだ。そこへ行けば、会津藩士がすべて教えてくれよう。これを見せるがよい」

酒井はもう一通の書状を差し出した。

「そなたに従うよう、したためてある。しかし信平殿、公儀の者ではなく、何ゆえそなたを頼るか腑《ふ》に落ちぬであろう」

疑問に思っていたことを言われて、信平は黙ってうなずいた。会津藩の者に託す手もあれば、公儀の使者が早馬を飛ばす手もあるはず。

だが酒井は、事はそう容易《たやす》いことではないのだ、と言い、胸の内を明かした。

「我らが動けば、下御門の手下どもは必ず動く。その強者《つわもの》どもから上様の親書を守り、菱を守るには、数十の手勢ではなく、何百、いや、千を超える軍勢を向けなければできぬ。わしが申すまでもなく、そなたがよう分かっておろう」

信平が返答をせずにいると、酒井は続けた。

「軍勢を向かわせばかえって目立ち、敵に菱の居場所を教えるようなものじゃ。何より、会津に公儀の軍勢を入らせれば、井田家を警戒させてしまう。悔しいが、そうなれば求心力は下御門のほうが上じゃ。ここでつけ込まれれば、井田家は必ず、謀反《むほん》を起こす。この役目は、単騎で屈指の剣豪である者にしかできぬ。下御門の手下と対等以上に戦える者は、信平殿、そなたしかおらぬのじゃ。頼む」

酒井に頭を下げられ、信平は快諾した。

「承知しました。お役目、承りまする」

酒井は嬉しそうに顔を上げた。

「そなたなら、きっと承知してくれると信じておった。蜘蛛の一党が敵の手に落ちれば、必ず井田家も徳川に弓を引く。そうならぬためにも、必ずや、親書を届けてくれ」

酒井は今一度、神妙な態度で頭を下げた。

書状を受け取った信平は、今日のうちに江戸を発《た》つよう命じられ、茂木と共に酒井の前から下がった。

廊下を歩んでいると、茂木が言う。

「御大老が名と居場所しかご存じないとは、会津公は相当警戒しておられたご様子。銭才が動いているとなると、急がねばなりませぬ」

信平はうなずき、二刻（約四時間）後に、神田橋《かんだばし》御門前で待ち合わせる約束をして下城した。

これに憤慨したのは善衛門だ。口をむにむにやり、

「殿は……」

言いかけてやめたが、何が言いたいのか信平には察しが付いている。

「公儀の隠密ではない、と言いたいのか」

「さよう。銭才の配下に敵《かな》う者が殿しかおらぬのは納得できます。ですが、親書を届けることなど、御大老の忠臣を旅の商人に化けさせて行かせるとか、いかようにも手段があろうというもの。前山殿が殺されたことで、すっかり腰が引けてしまっておられるご様子。情けない」

庭にまで届く大声で不満をぶつける善衛門は、身分不相応の役目に怒っているようにみえるが、一番は、身を案じてくれているのだ。信平が善衛門の同道を拒んだことも、不安を大きくしているのは明らかだった。

「麿は、亡き家光《いえみつ》公に拾っていただき、旗本になれた。会津公が徳川宗家を守りたい気持ちと等しく、役に立ちたいのだ」

「それは、分かっております」

「善衛門には、お初と共にこの家を守ってもらいたい。松を頼む」

善衛門は信平の目を見て、あきらめたように息を吐いた。

「承知いたしました。くれぐれも、お気をつけくだされ」

「うむ」

赤い小袖に黒い指貫《さしぬき》を穿《は》き、黒の狩衣《かりぎぬ》で支度を整えた信平は馬に乗り、松姫に見送られて屋敷を出た。

佐吉と鈴蔵を供に、待ち合わせ場所に行くと、茂木はすでに待っていた。

一人でいる茂木は、信平を見つけて頭を下げ、厳しい顔で歩み寄って言う。

「人が多いのは目立ちます。お二人は遠慮くだされ」

佐吉は不服を口にしようとしたが、信平が制した。

「迂闊《うかつ》であった。佐吉と鈴蔵はここまでじゃ。では、まいろう」

佐吉と鈴蔵と別れた信平は、茂木と馬を馳《は》せて旅を急いだ。

見送った佐吉は、鈴蔵を見た。

鈴蔵は笑みで応じる。

「馬がいりますね」

「おう。速い馬がいる」

二人は神田橋御門を離れ、町中に走り去った。

五

爽やかな快晴の下、信平と茂木が向かったのは会津若松城ではなく、磐梯山《ばんだいさん》だ。江戸とは違いずいぶん涼しく、麓に広がる田んぼの稲は穂を垂れ、色づきはじめている。

馬上の顔に当たる枝葉を手で払いながら、山道を登っていた信平と茂木は、目印の一つである大杉を見つけて馬を止め、そこからは徒歩で登った。

猪苗代湖《いなわしろこ》が望める場所まで登ったところで、茂木が前方を指差す。

「ありました。目印の岩です。おお、猿だ、猿がいますぞ」

山肌にそびえる岩があり、上の平らなところに一匹の猿が座っている。

「まるで、見張りをしているような」

茂木は目を細め、幽閉所はあと少し、急ぎましょう、と言って歩みを進めた。

信平たちを見ていた猿は、後ろから近づいた仲間の猿に気付き、共に走り去っていった。

「ここまで何ごともなく来られたのは、かえって不気味だな」

信平が来た道を振り返りながらそう言うと、茂木が立ち止まり、大きな息を吐いた。

「馬を馳せたのがよかったのでしょう。江戸から跡をつける者はいませんでしたから。それにしても信平殿は、この急な山道にも、まったく息が上がりませんね」

汗を拭う茂木に微笑む信平は、赤坂の屋敷でくつろいでいる時と変わらぬ面持ちをしている。

「ところで茂木殿、役目を終えた後、山元城へ寄り宇多長門守殿の無事を確かめたいが、難しいか」

茂木は陣笠《じんがさ》の端を持ち上げて、目付らしい、厳しい面持ちで言う。

「気にされるのは、井田家を信用されておられぬからですか」

「岩城山城から逃れる際、我らは井田の軍勢に窮地を救われた。だが、どうにも気になるのだ」

「それは信平殿の勘ですか。それとも、公儀が井田家を警戒しているからですか」

「岩城山城を取っていた平林左京太夫と家老が、あまりに無防備であった気がしてならぬ。あの者たちは、裏切られたのではないだろうか」

茂木が立ち止まり、探る目を向けた。

「公儀の疑いの目をそらすために、銭才があの二人を生贄《いけにえ》にしたと」

「麿の考え過ぎか」

「いえ。実はそれがしも、同じことを考えていました」

茂木は、信平が知らなかった井田家のその後を教えてくれた。

一万もの兵を展開し、引こうとしないことを知った信平は、忠興の領地が井田家の兵に囲まれる形となっていることを憂えずにはいられない。

「会いに行くのは難しいか」

「実は此度《こたび》、もうひとつ役目を帯びています。まさに今おっしゃったそのこと。御大老も宇多家のことを案じておられ、足を伸ばしたついでに、見てまいれと」

「ここから遠いのか」

「一日馬を走らせれば着きます」

「分かった。では、共にまいろう」

「心強い限りです」

茂木は喜び、親書を届ける役目は日が暮れる前にすませようと告げて足を速めた。

幽閉所は、落葉樹で隠すように建てられていた。

表門は閉ざされ、山を訪れる者に人気《ひとけ》を感じさせぬためか、門番もいない。

少し離れた場所で止まり、様子を見ていた信平は、横にいる茂木に訊く。

「どう思う」

「静か過ぎる気がします」

「裏からまいるか」

「いえ。荒らされた様子がありませぬから、表からまいりましょう。内側に門番がいるはずです」

「分かった」

木陰から出る茂木に続き、表門に行く。

茂木が拳で門扉を打ち、

「公儀の役目でまいった。目付役の茂木大善と申す」

告げたが、中から返事はない。

もう一度声をかけても同じで、静まり返っている。

茂木は不安そうな顔で信平に振り向く。

「よそに移ったのでしょうか」

「中を調べてみよう」

信平は脇門に歩み寄り、押すと、蝶番《ちょうつがい》が軋《きし》む音をたてて開いた。中に入ると、二人の門番が大扉に背中をつけて足を投げ出し、頭を垂れていた。

「先を越されたか」

そう言った信平は片膝をつき、首筋に指を当ててみる。脈がある。

「気を失っているだけだ。油断するな」

応じた茂木は刀の柄袋《つかぶくろ》を飛ばして手をかけ、警戒した。

幽閉所は、江戸でくらべるなら、五百石の旗本屋敷ほどはあろうか。

石畳の玄関先は広く、表と裏に向かう道も石畳だが、その先には行けぬよう、板塀で閉ざされている。

気配を探りながら表玄関に歩んだ信平は、開けられたままの戸口から入り、鹿革《しかがわ》の履物のまま式台へ上がった。

磨き抜かれた廊下の床は光沢があり、砂一粒落ちていない。が、右手の奥の曲がり角のところで藩士が一人、うつ伏せに倒れている。

先に行こうとする茂木を信平は止め、正面の、閉められている障子に目を向ける。

「出てまいれ」

気配に対して言う信平。

茂木は驚いた顔をして障子に向き、刀の鯉口《こいぐち》を切った。

程なく、静かに障子が開けられたが、わずかであり、中は暗くて見えない。

こちらの様子をうかがう気配があり、茂木は緊張のあまり大声をあげた。

「出てこい！」

刀を抜く茂木の額から、大粒の汗が流れた。

信平は、暗い隙間に冷静な眼差しを向けている。

すると、障子に指がかけられ、音もなく開けられた。

白髪の痩せた老翁《ろうおう》が現れ、狩衣姿の信平の正体を探るような眼差しを向け、茂木に顔を向けた。

「お前が目付か」

どうやら声は聞こえていたようだ。

茂木が刀を構えたまま言う。

「いかにもそうだ。貴様は何者だ。藩士を倒したのはお前か」

「一足遅かった。お頭《かしら》は、先ほど発たれた」

「騙《だま》されぬ。銭才の手の者であろう」

「違う。刀を引け。わしは武器を持っておらぬ」

両手を見せられ、茂木は刀を下ろした。

信平が訊く。

「菱殿は、見張りを倒して逃げたと申すか」

老翁はうなずいた。

茂木が問う。

「貴様は何者だ。ここで何をしておる」

「わしの名は佐奈矢《さなや》。お頭の命で、侍女を守って跡を追うところであった。今、銭才の名が出たが、奴《やつ》の手下がここに来るのか」

「銭才を知っているのか」

「名だけはな」

佐奈矢は含んだ笑みを浮かべた。

茂木が言う。

「その銭才の手下と思《おぼ》しき者が、菱殿の居場所を探ろうと動いている。我らは、御大老の命で急ぎまいった」

「ほう、御大老が。して、お頭になんの用か」

「上様の親書を渡したい。菱殿は、どこに行かれたのだ」

佐奈矢は茂木を睨んだ。

「将軍は、お頭に何を望む」

「親書の内容は知らぬ。だが、この世の安寧《あんねい》を乱そうとたくらむ者どもが、そなたち蜘蛛の一党を味方にせんと動いておるゆえ、ここを突き止められる前に来たのだ」

佐奈矢は目を細め、探る面持ちをした。

「京の魑魅か。保科殿が、決して味方せぬようお頭を説得しておられた」

茂木が驚き、一歩前に出た。

「して、菱殿はなんと返答された」

「公儀目付と申したが、お頭のことを何も知らぬのか」

「知らぬ。それがしも、こちらの鷹司殿も、ここに来れば会津藩士に教えてもらえると聞いてまいったのだ」

佐奈矢は信平を見た。

「そなたが、公家から武家になった鷹司殿か」

「鷹司信平だ。佐奈矢殿、菱殿がここを去られたのは、下御門、いや、銭才を名乗る者から誘いがあったからか」

佐奈矢は答えず横を向き、中へ促した。

「立ち話でお教えすることではござらぬ」

茂木は警戒したが、信平は応じて部屋に入った。そこにも一人の藩士が仰向けに倒れていた。そして、藩士のそばに座していた女が信平を見ると、両手をついて頭を下げた。齢《よわい》は十六、七ほどだろうか。黒髪は結わず、腰までの長さを一つに束ねている。

女は頭を上げ、藩士を見る信平の顔色をうかがう眼差しを向けた。

佐奈矢が言う。

「ご安心なされよ。お頭が眠らせているだけじゃ。明日の朝には、目をさます。そしてこれは、お頭の身の回りの世話をしておった者」

信平は女を一瞥《いちべつ》し、佐奈矢に顔を向けて訊く。

「会津藩の者か」

「いや、お頭とわしとおるところを捕らえられ、そのまま連れてこられた」

そう教えた佐奈矢は、信平を上座に促した。

信平は茂木と並び、下座に向かって正座した。

正面に座した佐奈矢が、じっと目を見てきた。

「まずは、親書を見せていただこう。何せ相手は京の魑魅。まだ、そなたらを信じたわけではない」

「それはこちらも同じだ」

茂木が言うと、佐奈矢は厳しい目を向けた。

「証《あかし》となる物は何一つ持っておらぬ。信じぬなら、親書を持って立ち去るがよい」

「会津の者を起こして訊く」

「無駄じゃ。明日の朝までは目をさまさぬ。わしらは先を急ぐ、信じぬなら話はこれまでじゃ」

立ち上がろうとする佐奈矢と侍女を、信平が止めた。

「信じよう。茂木殿」

「しかし……」

「見せた後に、案内をしてもらうのだ。謀《たばか》っておれば、逃がしはせぬ」

それもそうだと言った茂木は、佐奈矢の前に進み出て、親書を差し出した。

開いて目を通した佐奈矢は、信平と茂木を見ながら、侍女に渡した。

「畳め」

応じた侍女が、押しいただくように受け取り、ゆっくり丁寧に紙を折り畳む。

受け取って茂木に返した佐奈矢は、長い息を吐き、信平を見た。

「我らが徳川に味方することは、ない」

茂木が驚いた。

「上様は、味方をするよう願われたのか」

「まあ、そのようなことだ」

「何ゆえ拒む。上様が請われるならば、それ相応の条件が出されたであろう」

「誰にも仕えず、蜘蛛の一党が安寧に暮らせる十万石の領地を与えると書いてあった」

「なんと。それを拒むは愚かとしか思えぬ。わけを聞かせてくれ」

「将軍家も公儀も、我らのことを何も知らぬようだから教えてやる。お頭は、武田信玄《たけだしんげん》の忍びだった望月《もちづき》家の末裔《まつえい》だ。武田家を滅ぼした織田信長《おだのぶなが》の手先だった徳川家とは、敵対すれども、味方をすることはない。亡き保科正之殿は、いつ徳川に牙をむくか分からぬ我らを恐れ、封じ込めるためにお頭を捕らえさせた。初めは命を取られると思うていたが、正之殿はそうしなかった。この幽閉所に来てからは、穏やかな暮らしを送っていたのだが、お頭がこの世でただ一人、従う気になられていた正之殿がお隠れになった。となれば、ここにおる意味はあるまい。お頭は、見張りの者たちを眠らせて、出ていかれたのだ」

「会《お》うても無駄かもしれぬが、親書を渡すのが我らの役目。どこにおられる」

信平がそう言うと、佐奈矢は目を見てきた。

「ずいぶん、忠義者であるな。そなたのことは、正之殿から聞いておったが、数多《あまた》の悪を討ってきたのは徳川の恩に報いるためか。それとも、民の安寧のためか」

「両方だ」

「では、徳川が悪事をもって民から富を奪えば、いかがする」

この問いには、茂木が興味を持った目を向けてきた。

信平は即答する。

「天道に背く悪政をもって民を苦しめる者には、従わぬ」

茂木が、微笑を浮かべた。その心中は、信平には計り知れない。

高らかに笑ったのは佐奈矢だ。

「従わぬか。我らにとって徳川は、主家を滅ぼした織田信長の手先。まさに悪だ。また下御門も徳川を悪とし、帝《みかど》と朝廷が政《まつりごと》を司《つかさど》ることが、この国のあるべき姿と信じている。考えは人それぞれじゃ。徳川を悪とする意味で、我らは下御門と考えが一致しておる。それでも、頭領に会いたいか」

「今この時のように、幽閉所から逃げようと思えばいつでもできたはず。二年もそうされなかったのは、菱殿は、この場に座しながら、下御門のたくらみを早々と察知されていたとみえる」

佐奈矢は探るような目を向けてきた。

「何ゆえそう思う」

信平も、佐奈矢の表情から真意を探りながら答えた。

「下御門に誘われれば、一党の安寧な暮らしが乱れる。そうならぬために、動かれなかったのではないのか」

佐奈矢は目を細め、白い歯を見せた。笑っているのか、怒っているのか分からぬ眼差しで、信平を見つめる。

「お頭の口から、直《じか》に聞くがよい」

「どこにおられる」

「わしと侍女を、甲斐《かい》まで送ってくれ。さすれば会わせる」

「甲斐に戻られたのか」

「急がねば、よそへ行かれてしまうぞ」

信平は佐奈矢の真意を探ろうとしたが、茂木が口を挟んだ。

「信平殿、甲斐へまいりましょう」

焦る茂木の気持ちも分かる信平は、忠興のことを案ずる気持ちを抑えて承諾した。

　すると、佐奈矢が安堵した。

「お頭が先に発たれたゆえ、正直困っておった。わし一人ならどうとでもなるが、足の遅い侍女を連れておると、会津藩から追っ手がかけられた時に厄介であるからな。将軍の使者であるおぬしらがおれば、堂々と道を歩ける。これ、何をぼうっとしておる。早《はよ》う荷物を持ってまいれ。すぐに発つぞ」

　信平の顔をじっと見ていた侍女は、佐奈矢に言われて慌てて立ち上がり、別室から荷物を持ってきた。

　編み笠と杖《つえ》と、小さな包みが一つ。それが、侍女の持ち物だ。

「よいか、決して足手まといにならぬよう、しっかり歩くのじゃぞ」

　佐奈矢は若い侍女に面倒そうな口調で言い、信平には、穏やかな顔で言う。

「さ、支度ができた。甲斐まで送ってくれ」

　応じた信平は、茂木と共に立ち上がった。

六

　磐梯山の山道をくだり、繋《つな》いでいる馬のところまで向かっていた信平は、木々のあいだから聞こえた気合に、茂木たちを止めた。

「ここで待たれよ」

そう告げた信平は、一人駆け下りた。聞こえる声が、佐吉のものだったからだ。

馬を繋いでいた場所まで行くと、佐吉と鈴蔵が三人の曲者《くせもの》を相手に戦っていた。

大太刀を振るう佐吉は、見れば手傷を負っている。

鈴蔵は曲者と対峙《たいじ》し、刀を斬り結んだ。

佐吉は二人を相手に大太刀を振るい、一人を斬り倒したが、背後から迫る曲者に気付いていない。

大上段から斬りかかろうとした曲者は、視界に影が入り顔を向けた。怪鳥のごとく斜面から飛んだ信平に、慌てて刀を向けようとしたが間に合わず、狐丸《きつねまる》で肩から斬られ、声もなく仰向けに倒れた。

喜びの声をあげた佐吉は、倒れた曲者を見下ろす信平に駆け寄った。

信平は、鈴蔵と対峙している曲者に向く。すると曲者は、油断なく離れて逃げた。

追う鈴蔵を止めた信平は、倒れている四頭の馬を見た。

「この者たちの仕業か」

倒した曲者を見ながら問う信平に、佐吉が言う。

「申しわけございませぬ。ここで殿のお戻りを待っていた時、突然襲われました」

信平はあたりを探った。見えるのは深い森のみ。こちらの様子をうかがう人影はなく、気配もない。

「ついて来ていたのか」

顔を見ずに問う信平に、佐吉はばつが悪そうな顔をした。

「勝手をお許しください。お二人では心配で……」

信平は佐吉を見て、微笑む。

「これから甲斐に行くことになった。守る者が二人おるゆえ、来てくれて助かった」

佐吉は安堵の笑みを浮かべ、来てよかっただろう、と言わんばかりに、鈴蔵の肩をたたいた。

佐吉と鈴蔵を従えて戻った信平は、待っていた茂木に、馬をやられたことを教えた。

茂木は驚く。

「銭才の手の者ですか」

「そう思われる。佐吉と鈴蔵がいなければ、奇襲されるところであった。ここは危ない。急ぎ麓へ下りよう」

「承知」

茂木は佐奈矢を促し、怯《おび》えた様子の侍女の手を取って、守ってやると言うと、侍女はうなずいて従った。

馬のそばで倒れている曲者を見た侍女は顔を背け、茂木の背中に隠れて横を通り抜ける。

そんな侍女を見ていた信平は、目が合った時に軽くうなずき、

「必ず送り届けるゆえ案ずるな」

そう声をかけた。

怯えた顔でうつむく侍女の背後を守り、佐吉と鈴蔵に露払いをさせ、警戒をしながら山の中を歩いた。畑の横の道に出ると、農家の者たちが仕事をしていた。菜物を収穫する手を休めてこちらを見ていたが、程なく興味を失い、仕事に戻った。

会津城下には入らず、猪苗代湖の湖岸の道を急いでいると、前から六人の百姓男が歩いてきた。

鍬《くわ》や鎌を持ち、寡黙に歩いてくる姿は、身なりこそ百姓だが、頬被《ほおかむ》りの下に見える顔つきは険しく、殺気に満ちている。

「鈴蔵、気を付けろ。怪しいぞ」

注意を促したのは、前を歩いていた佐吉だ。

応じた鈴蔵と共に、目を離さず見ている。

六人の男たちは、他の百姓とすれ違っても会釈もせず、白い目をこちらに向け歩いている。

信平はふと、別の気配を感じて振り向いた。すると、湖畔に密集している松の木立の中から、白地の陣羽織《じんばおり》を着けた男が出てきて、こちらを向いた。

黒の裁着袴《たつつけばかま》に黒の小袖。腰に大小を帯びたその者は、痛々しい傷痕がある顔に不敵な笑みを浮かべて、信平を見てきた。

信平が皆を止めると、前から来ていた六人が鍬や鎌を捨て、抱えていた簀《さく》に隠していた大刀を抜いて走り、道を塞いだ。

信平は侍女を守り、陣羽織の男に問う。

「銭才の手の者か」

「いかにも。おれの名は伊豆だ。覚えておけ。そこの爺《じじい》が、菱か」

「菱はここにおらぬ。一足違いで幽閉所を去っていた」

「ならば、行き先を教えろ。従えば、ここを通してやろう」

「大目付を殺したのはお前か」

すると伊豆は、青黒く変色した頰を、爪がない指でなでて鼻先で笑った。

茂木が信平の横に来た。

「大目付は、菱がこの地にいることをご存じなかった。我らを追ってきたのか」

伊豆は話の邪魔をされて、不機嫌そうに茂木を睨んだ。

「訊いているのは、このおれだ。さあ言え、菱はどこにいる」

「教えるものか」

茂木の返答に伊豆は、はっとしたように目を見開き、もの悲しげな顔をした。

「ああ、なんともそれは悲しいことだ。仕方ない、その身体にじっくり訊くとしよう。大目付はひいひい命乞いしたが、何も知らないのだから、死んでもらうしかなかった。お前たちは、生きてほしいものだ。出てこい！」

この声を合図に、松林から十数人の黒装束が流れ出て、一斉に抜刀した。

伊豆は茂木を見たまま、

「生け捕りにしろ」

告げるやいなや、手下どもは刀を峰に返して迫ってきた。

佐吉と鈴蔵は、前から来る六人と戦い、信平は狐丸を抜いて一人斬り、背後から斬りかかった敵を振り向きざまに一閃する。

「やあ！」

気合をかけて左から斬りかかった三人目を片手で斬り、背中を打とうとした四人目を見もせず、狐丸の切っ先を左脇から背後に向けて腹を突く。

まったく刀を打ち合わせることなく四人を倒した信平に、伊豆は苛立った面持ちで下がった。

代わって出た手下どもが、刀を向けて迫る。

信平は茂木と力を合わせて敵を迎え撃ち、佐奈矢と侍女を守った。

次々と倒される手下たちの不甲斐《ふがい》なさと、信平の圧倒的な剣に顔をしかめた伊豆は、襲いかかった手下を難なく倒した佐奈矢を見て、怪しむ目をした。

「貴様が菱であろう」

指差して叫ぶ伊豆に、佐奈矢は不敵な笑みを浮かべ、横手から打ちかかった手下の手首を受け止めるやいなや、ひねり倒し、隠していた刃物で胸を突いた。

三人と対峙していた信平は、佐奈矢が加わったのを機に前に飛び、狐丸を右に左に振るって手下どもを斬り倒して押し通り、正面から斬りかかってきた手下の一刀を弾き上げ、返す刀で右の太ももを斬り、動きを封じた。

と、そこへ、突風のごとく伊豆が迫ってきた。

無言の気合と共に繰り出される大刀の太刀筋は鋭く、信平は受け止めて飛びすさり、追って振るわれた一刀を受け流し、伊豆の胸を狙って一閃。だが、受け流され、逆に刃が喉に迫る。

首をかたむけ、紙一重でかわす信平。

伊豆は嬉々《きき》とした顔をして刃を首に向け、引き斬った。

刃と刃が擦れる耳障りな音がし、血しぶきは上がらない。

信平は、左の隠し刀で受け止めていたのだ。

両者間合いを取り、さらに飛びすさった伊豆は、ちらりと左に目を向け、そこにいる侍女を見た。そしてその刹那、侍女に刀を向けて迫る。

信平は、侍女を守るために飛び、伊豆が侍女に投げ打った短刀を狐丸で弾き飛ばした。

「馬鹿め！」

伊豆の声が間近でした。同時に、大刀が鋭く打ち下ろされる。

信平は、左肩に迫る一撃を横に転じてかわし、黒い狩衣の袖が舞う。

狐丸で背中を斬られた伊豆は、呻いてのけ反り、信平に振り向いて刀を振り上げたが、にたり、と、不気味に笑った口から血を流し、刀を落として仰向けに倒れた。

佐吉と鈴蔵を相手に一人だけ残っていた手下が、伊豆が倒されたのを見て刀を引き、背中を向けて逃げた。

佐奈矢と茂木に押されていた手下たちも戦意を失い、油断なく下がって走り去る。

信平は一つ息を吐き、侍女に微笑む。

「怪我《けが》はないか」

すると侍女は歩み寄り、信平の左腕を指差した。

狩衣の袖が割れていることに、信平はここで気付いた。

「大事ない。かすり傷じゃ」

そう言って狐丸を鞘《さや》に納めようとしたが、心配そうな顔をしている侍女の顔が霞《かす》み、景色がゆがんだ。倒れまいとしたのだが、目の前が白くなった。誰かに支えられたものの、身体から力が抜け、頭の中で聞こえていた微《かす》かな音もしなくなった。

水鳥もいない猪苗代湖の湖畔には、信平の名を叫ぶ佐吉の、焦りと恐怖に満ちた声が響いている。

第二話　黒い毒

一

「信平が、伊豆を斬ったか」

傷を負って戻った伊豆の配下から報告を受けた銭才は、白濁《はくだく》していない右目に憂えの色を浮かべ、下座に控えている肥前《ひぜん》に言う。

「やはり駿河《するが》を斬ったのも、信平であろうな」

肥前は無言でうなずいた。

銭才は伊豆の配下に、怒気を浮かべた顔を向ける。

「信平は、伊豆の毒に冒されたと申したな」

「はい」

「その後どうなったのだ」

「二人で見張っていた時は生きておりましたが、今は分かりませぬ。信平の忍びに気付かれて一人は殺されました。ご報告しなければと思い、生き延びて戻りました」

「菱は共におるのか」

「それらしき老翁が、磐梯山から同道しておりまする」

銭才は、熊澤豊後《くまざわぶんご》の横に座している、狡猾《こうかつ》そうな顔をした男を見た。

「薄雪《うすゆき》、この者が申す老翁が菱か」

問われた男は膝を上座に転じ、頭を下げ気味に答える。

「おそれながら、それがしは頭領と会ったこともなく、代々引き継がれる、菱という名を知るのみ。これまでは、亡き父の教えのまま、一党の掟《おきて》に従っておりました」

「顔を知らぬとは、聞いておらぬぞ」

「疎遠になっておりましたもので。されど、伊豆殿が突き止められた幽閉所から出てきたのなら、その者に間違いないかと存じます」

すると、伊豆の配下が付け加えた。

「もう一人、歳《とし》の頃十六、七の侍女がおりまする」

薄雪は鼻で笑い、銭才に言う。

「頭領は女好きだと、父がよう言うておりました」

銭才はうなずいた。

「そちの父の代を考えれば、老翁が頭目と見てよかろう。お絹《きぬ》、備後《びんご》を呼んでまいれ」

隣に座っていたお絹が応じて、真新しい杉板が香る廊下に出ていった。

この屋敷は、豊後が銭才のために建てたもの。大きさこそ井田家の当主が暮らす本丸御殿に劣るものの、贅《ぜい》を尽くされた屋敷内の荘麗さは、本丸御殿を凌《しの》ぐ。

豊後の招きに応じて入っていた銭才は、岩城山より戻った豊後に首尾を聞き満足していたところに伊豆の訃報を聞き、いささか機嫌を悪くした。

思考をめぐらせて黙っている銭才の前に居並ぶ者は、皆黙り込み、重苦しい空気が漂っている。

その静寂を破ったのは、鶯《うぐいすば》張りの廊下が鳴る音だ。足音が近づき、茶筅《ちゃせん》髪の男が現れた。引き締まった体軀《たいく》のこの男が、銭才自慢の十人衆の一人、備後だ。

お絹が先に部屋に入り、銭才の横に座る。

それを待っていた備後は、部屋に入ってあぐらをかき、両手をついた。

銭才が真顔で言う。

「本来ならば、三倉内匠助《みくらたくみのすけ》の太刀を持たせるはずだったお前の出番だ。ただちに会津へ馳せ、余が今から授ける知恵のとおりに菱を殺し、信平が生きておればとどめを刺せ」

狐のような顔をしている備後は、自信を表に出し、鮫鞘《さめざや》の刀を前に置いて銭才に言う。

「おまかせあれ。この村正《むらまさ》に、信平の血を吸わせてやりまする」

銭才は手招きした。

応じて膝行した備後に、耳打ちする。

知恵を授かった備後は、下がって居住まいを正した。

「うまくやれ」

「はは」

さっそく下がろうとする備後だったが、肥前が口を挟んだ。

「銭才様。菱が信平とおりますならば、わたしもお遣わしください」

すると備後が、怒気を浮かべた。

「肥前、これはおれの仕事だ。出しゃばるな」

「まあ怒るな」

銭才が止めると、備後は不服そうな顔を向けた。

「わたし一人では不安ですか」

「余が決めることに不服か」

銭才が右目の眼光を鋭くすると、備後は逆らえぬ。

引き下がる備後から肥前に顔を向けた銭才は、同道を許した。そして、帳成雄《ちょうせいゆう》に問う。

「菱を逃がしてはならぬ。今どこにおるか見えるか」

応じた帳成雄は、廊下で座っている伊豆の配下の前に行くと、法衣《ほうえ》の袖を払って右手を出し、頭をつかんだ。

目を閉じて探る面持ちをし、程なく告げる。

「信平めの姿は相変わらず見えませぬが、水と、古びた小屋が見えまする。この者が見た老翁は、その小屋におりますぞ」

帳成雄が手を離すと、配下が両手をついた。

「水は、猪苗代湖に違いございませぬ」

銭才がうなずく。

「駿河と伊豆を殺した信平は、この先必ず、我らにとって大きな壁となる。毒に冒された今こそ、必ずや息の根を止めよ」

「仰せのままに！」

備後が即答して立ち上がり、肥前も続いて、銭才の前から下がった。

「お前も行け」

伊豆の配下を休ませることなく命じた銭才は、慌てて立ち去るのを見送り、豊後の横にいる薄雪に言う。

「菱のことがうまくいけば、まことに三万の兵が集まるのであろうな」

念押しされた薄雪は、自信に満ちた顔で応じる。

「ご安心を。菱の次に蜘蛛の一党を束ねられるのは、わたしを置いて他にはおりませぬ」

余裕の様子に、銭才はうなずく。

「この豊後と共に徳川を潰したあかつきには、そなたには望みどおり、甲斐一国を与える」

「はは！　必ずや、ご期待に添いまする」

薄雪は平身低頭し、野望に満ちた笑みを浮かべた。

屋敷の外に出た肥前は、前を歩く備後に言う。

「信平を侮るな。慎重に動けよ」

すると備後は立ち止まり、不機嫌な顔を近づけた。

「先に命じられたのはおれだ。三倉内匠助の太刀を持っているからといって偉そうに指図をするな。この件はおれに従ってもらう。いいな」

備後の剣幕に、肥前は薄い笑みを浮かべた。

「そうかりかりするな」

「分かったのか！」

「ああ、従うとも」

備後は肥前を睨み、外に待たせていた己の配下に支度を命じ、数十名を引き連れて馬を馳せた。

肥前は、伊豆の配下を先に走らせ、馬に乗った。

馳せようとした目の前に近江《おうみ》が現れ、蔑《さげす》んだ笑みを浮かべて見てきた。

「ずいぶん張り切っているが、そんなに信平と戦うのが楽しいのか」

「邪魔だ。どけ」

「言っておくが、銭才様はお見通しだぞ。妙な真似《まね》はしないことだ」

肥前は答えず馬の腹を蹴り、横に逃げる近江を横目に、門から出た。

「まあせいぜい励め！」

近江の嫌味まじりの声が聞こえたが、肥前は振り向かず馬を走らせ、備後を追った。

二

船小屋の外で周辺を警戒していた佐吉は、水しぶきの音に顔を向けた。朝靄《あさもや》に霞む猪苗代湖は鏡のように凪《な》いでいたはずが、一ヵ所だけ、大きな波紋が広がっている。

「鯉《こい》でも跳ねたか」

そう言った佐吉は、もう一度周囲に人気《ひとけ》がないのを確かめ、小屋に入った。

朽ちた小舟の横にある板の間に、信平は眠っている。そばに行くと、介抱をしている鈴蔵が場を空けた。

仰向けの信平は、佐奈矢が出してくれた毒消しを飲んでいるおかげで悪くはならないものの、良くもならない。

穏やかな呼吸を確かめた佐吉は、柱に背を預けて目を閉じている老翁に顔を向けた。

「佐奈矢殿、殿は朝になっても、目をさまされぬではないか。毒消しが効いていないのではないか」

目を開けた佐奈矢が佐吉に顔を向け、鈴蔵に問う。

「血は止まったか」

鈴蔵はかぶりを振った。

「傷は浅いはずなのに、きつく縛った紐《ひも》をゆるめると血が流れる。いったい、どんな毒なのだ」

佐奈矢は難しい顔をした。

「わしの薬が効かぬとは、解《げ》せぬことよ」

信平は眠っているようにも見えるが、ぴくりとも動かない。

不安で仕方ない佐吉は、鈴蔵に言う。

「今、銭才の配下に襲われれば、守り切れない」

鈴蔵は神妙な顔でうなずく。

佐吉は小屋の中を見回した。

「茂木殿はどこに行った」

「裏を見張られています」

「ここにいては危ない。会津藩に助けを求める。茂木殿を呼んでこい」

応じた鈴蔵が立ち上がろうとすると、侍女が止めた。

「なりませぬ」

佐吉は、佐奈矢の横にいる侍女を見た。

「何がいけぬのだ」

すると侍女は、佐奈矢とうなずき合い、佐吉に答えようとしたが、茂木が戻ってきた。

「会津の朝は冷える。火を焚いて信平殿の身体を温めたほうがよいのではないか」

佐吉は侍女から茂木に眼差しを転じた。

「ここにいても殿は良くなられませぬから、会津藩を頼ろうと思うのですが」

「うむ。それがしもそう考えていたところだ。医者に診せたほうがよい」

「ところが、侍女が止めるのです」

「そうか。無理もあるまい」

茂木は、察した顔を侍女に向けた。

「菱殿が逃げたことで藩の者を恐れておるのだろうが、案ずるな。信平殿とそれがしがおる限り、そなたらに手出しはさせぬ」

だが、侍女は承諾しない。これまでの乙女らしい表情が一変して、目つき鋭く、険しい顔で茂木に言う。

「正之侯《こう》亡き今、藩を牛耳《ぎゅうじ》っているのは、主家の血縁である主席家老の保科正興《まさおき》。彼《か》の者は、わたしの幽閉をこころよく思うていない者ゆえ、見つかって捕らえられれば、命はない」

厳しく言いはなつ侍女のことを、茂木はじっと見つめた。

「今、わたし、と申したか」

「菱は、わたしだ」

侍女はうなずく。

「なんと！」

茂木が絶句し、佐吉と鈴蔵は驚きのあまり立ち上がった。

茂木はすぐ冷静を取り戻し、菱を名乗る少女を見つめた。

「三万の忍びを束ねる頭領とは思えぬが、会津を警戒するところをみると、嘘ではないようだ。だがこのままでは、銭才の手下から逃げられぬ。奴には、千里眼を使う者が付いておるゆえ、この小屋に隠れていることも、お見通しかもしれぬのだ」

菱は動揺せず、真顔で訊く。

「そなたらが銭才と呼ぶ者と、下御門実光は同一の者か」

「まだそこまではつかめていないが、信平殿は、同じ者と疑《うたご》うておられる」

菱はうなずいた。

佐吉が言う。

「まずは殿のことだ。銭才は必ず、追っ手を送り込んでくる。このまま目がさめなければ、我らに勝ち目はない」

茂木が続く。

「江島殿が言うとおりだ。会津藩を頼れぬと言うなら、力になってくれる蜘蛛の一党の者が近くにいないのか。日ノ本中に散らばっているのであろう」

すると菱は、暗い表情をした。

「頼れるものなら、とっくにそこへ向かっている。偶然幽閉所に現れたそなた様と信平殿を佐奈矢が頼ると言った時は、正直驚いた。と同時に、甲斐へ戻れると安堵したほどだ」

佐吉が問う。

「会津にいる仲間はどうして助けない。お前さんは、確かに頭領なのだろう？」

菱はうなずき、一つ息を吐いた。

「会津にいる者たちは、わたしの顔も、幽閉されていたことも知らぬ。わたしも、味方かどうか分からぬから、今は頼らぬ。磐梯山で襲ってきた者は、会津の者かもしれないからな」

菱の寂しげな様子を見て、佐吉がさらに問う。

「そなたが幽閉されたことで、一党の結束が乱れているのか」

菱は険しい顔でうなずいた。

「薄雪という、かつて父の右腕だった男の息子が、わたしが徳川に屈したと思い込み、取って代わろうとしている。三万の配下の内四割が薄雪に従い、わたしが死ねば、残りの者たちも薄雪に従うであろう」

「それで、命を狙われたか」

「佐奈矢が信平殿とそなた様に、甲斐まで連れて戻るよう願ったのは、決して裏切らない仲間がいるからだ」

菱に目を向けられた茂木はうなずき、厳しい顔をして問う。

「まさかとは思うが、そなたが家老の保科正興を恐れるのは、薄雪と繋がっているからか」

「残念ながら、そこは分からない」

信平を見る菱の眼差しには、不安が浮いている。

菱から目を離さない佐吉は、その目線に合わせて信平を見て言う。

「殿が目をさまされれば、茂木殿と力を合わせ、必ず甲斐へ送ってくださる」

茂木が続く。

「さよう、だからこそ、信平殿をこのままにはしておけぬ。一刻も早《はよ》う目をさまして
いただくためにも、やはり城下の医者にお連れしよう」

「藩の者は信用できぬ」

「案ずるな、それがしは公儀目付役だ。ここに、我らに協力するよう会津藩に命じる
御大老の奉書もある」

信平が持っていた酒井大老の書状を見せた茂木は、思い出したように言う。

「そうだ、佐奈矢殿、上様の親書を菱殿にお見せしてくれ」

「それならば、すでに目を通した」

菱がそう言った。幽閉所で佐奈矢が書状を畳むよう渡したのは、菱に見せるためだ
ったのだ。

そうと気付いた茂木が、あの時か、と言って苦笑いをした。

「すっかり騙された」

菱は目を伏せ、信平を見て言う。

「大老の奉書があれば、まことに手出しせぬか」

「会津藩は忠義に厚い。奉書があれば大丈夫だ」

菱は、それでもかぶりを振る。

「保科正興は信用できぬ。正之侯が亡くなられて、藩士たちの様子が変わったのは確かだ。わたしが命を狙われたのも、御家の結束が揺らいでいる証かもしれぬ。藩を頼らぬと約束してくれるなら、従う」

茂木は考え、顔を上げた。

「よし分かった。頼らぬことにする」

菱はうなずき、信平を医者に診せることを承諾した。

茂木が立ち上がる。

「佐吉殿、急ぐぞ」

「承知」

佐吉は信平を背負い、菱たちに続いて小屋から出た。

会津若松城では、菱が幽閉所から逃げたことが判明し、大騒ぎになっていた。

藩政に多大なる影響力を持つ主席家老の保科正興は、ただちに本丸御殿の家老部屋に藩の重役たちを集め、厳しい態度で臨んでいる。

「わしは、だから反対しておったのだ。菱が逃げたことが公儀の知るところとなれば、殿が大恥をかかれる。それだけは、あってはならぬこと。よいか皆の者、主だった街道の国境の守りは堅いゆえ、菱といえども容易には抜けられぬ。決して領地から逃がしてはならぬ。各々の領地へ戻り、草の根を分けてでも見つけ出せ。必ず捕らえよ。抵抗すれば構わぬ、その場で斬れ」

藩から領地を賜る重臣たちは、声を揃えて応じた。

正興は、次席家老の佐久間由良《さくまゆら》に指揮を命じ、合議は終了した。

佐久間由良は直ちに国中へ早馬を出し、佐吉たちが船小屋を出た頃にはすでに、大捜索がはじまろうとしていた。

藩を挙げての捜索は、村の者たちも動員した人海戦術によって山狩りもはじまり、蟻《あり》が抜ける隙間もない。

先行して探っていた鈴蔵が、信平を背負って走る佐吉のもとに戻ったのは、もうすぐ会津の城下町だという場所だった。

「町中が役人であふれています。菱殿が逃げたことを知った藩が、人を出して捜しているようですから、今行けば見つかります」

佐吉は舌打ちをした。

「夜を待つしかない。戻るか」

「船小屋は遠過ぎます。町の近くに空き寺がありましたから、そこに潜みましょう」

茂木は鈴蔵の提案に異を唱えた。

「役人は真っ先に空き寺を怪しむはずだ。捜しに来るぞ」

すると鈴蔵が笑みを浮かべた。

「おっしゃるとおり、真っ先に怪しんだようです。寺の中をくまなく捜していましたから」

「おお、そうか。いないと分かれば、次に来るとしても、すぐではないはず。そこに行こう」

茂木に応じた鈴蔵は、案内をはじめた。

田舎道を急いでいると、前から藩の手勢が来るのが見えた。

いち早く気付いた鈴蔵が皆を笹の茂みに誘《いざな》い、身を隠した。

「急げ、猪苗代湖の周辺を捜すぞ」

隊を率いる組頭が、二列横隊で続く配下に振り向いて言い、佐吉たちの前を通り過ぎた。

笹の茂みから顔を出して見送った鈴蔵が、佐吉に振り向く。

「今の者たちが、空き寺を調べていました。おそらくこの道筋をまかされた者たちでしょうから、大丈夫かと」

「油断は禁物だ。茂木殿、もし見つかった時は、菱殿と佐奈矢殿を頼みます」

信平を背負っている佐吉は、構わず逃げてくれと言い、鈴蔵に続いて道に出た。

鈴蔵の予測どおり、それからは藩の者に出会うことなく、町はずれの空き寺に入ることができた。

長らく捨てられているらしく、本堂の床は朽ち、本尊もない。雨風をしのげそうな奥の小部屋に入った佐吉は、信平を鈴蔵に預けた。

「殿、しばらくの辛抱ですぞ」

愛おしそうに声をかけた佐吉は、己の羽織を脱いで敷き、信平を仰向けに寝かせると、腕の傷を確かめた。

「やはり、血が止まらぬ」

絞れば血がしたたるさらしを捨て、新しい物を巻いた。ひと巻きするとさっそく血がにじむ様を見て、佐吉は不安を口にした。

「夜まで待つと言ったが、このままで大丈夫だろうか。医者を呼んでくるのはどうか」

茂木がそばに来て、信平を見ながら言う。

「銭才の手下が城下に入っているかもしれぬ。また、藩の騒ぎで菱殿が幽閉所を出たと知った蜘蛛の一党の者たちが、菱殿を捜しているはずだ。蜘蛛の一党が捕り方に混じっておれば危うい。ここは、夜を待ったほうがよい」

佐吉は焦りをぶつける。

「茂木殿はお二人を連れて甲斐へ行ってください。それがしは、殿を医者に診せます」

すると菱がそばに来て、信平の脈を取った。

「落ち着いているから心配ない。わたしは、命を助けてくれた信平殿を置いてはゆかぬ。目がさめるまで、共にいる」

佐吉は菱を見た。

「なぜだ」

菱は、問う顔を佐吉に向ける。

佐吉は菱の目を見て続けた。

「なぜ殿を頼った」

菱は信平を見つめると、

「分からぬ」

そう言って離れた。

「隠さず教えてくれ」

佐吉の問いに答えない菱は、壁に背を預けて座り、立てた膝に顔をうずめた。

佐奈矢が佐吉に言う。

「お頭は、先代から頭領の座を継いだことで、一党が二つに割れたことを悩んでおられる。一党をまとめるため、決死の覚悟で甲斐へ戻ろうとしていた時に、正之侯から、いざとなれば頼れと教えられていた信平殿が目の前に現れ、わしはすぐに、世話になろうと決めた。お頭は驚かれたようだが、すがる気になられたのだ。このようなことになり、申しわけない」

頭を下げられた佐吉は、黙って信平の介抱をした。

三

信平たちの目の前を通り過ぎたことを知るよしもない会津藩士たちは、猪苗代湖に到着すると、しらみ潰しの捜索をはじめた。

やがて、信平たちが隠れていた船小屋を見つけ、調べるために湖畔を進んだ。

馬蹄《ばてい》が響いてきたのは、小屋の前に来た時だった。

道からはずれ、草地を馳せた馬の集団がこちらに来る。

隊を率いていた若い藩士は、家来と前に出て、行く手を阻んだ。

「止まれ！」

藩士は大音声《だいおんじょう》で命じたが、黒毛の馬に乗っていた備後が飛び降りるやいなや抜刀し、囲もうとしていた藩士の家来たちに猛然と襲いかかった。

刀を振るうごとに必ず一人を斬るという剣技は凄《すさ》まじく、応戦した者たちはかすり傷一つ負わすどころか、ただの一度も刀をかち合わせることなく、十人が斬殺された。

その剛剣に怯《ひる》む若い藩士に、薄笑いさえ浮かべた備後が切っ先を向けて迫る。

ただ一人残った若い藩士は、死の恐怖に顔を引きつらせて下がっていたが、石に足を取られて尻餅をついた。

目を見開く若い藩士の眼前で、切っ先をぴたりと止めた備後が、見下ろして言う。

「我が村正に血を吸われたくなければ、訊いたことに答えよ」

若い藩士は何度もうなずく。

「逃げた菱を捜していたのか」

「はい」

「お前の名は」

「と、東郷近久《とうごうちかひさ》」

「役は」

「徒頭です」

「我が名は備後だ。命が惜しければ、お前の家に案内しろ」

「ど、どうして……」

訊いた途端に鼻頭を浅く斬られ、東郷は手で押さえて悲鳴をあげた。

「同じことを言わせるな」

備後に恐れおののいた東郷は、従う姿勢を見せた。

これに嫌悪を示したのは肥前だ。

「おい。よせ」

すると備後が怒気を浮かべ、肥前を睨む。

「館で言ったはずだ。従えぬなら去れ」

「そうさせてもらう」

肥前が馬の鼻を転じると、備後が言う。

「いいのか。逃亡は死罪だぞ」

「逃げはせぬ。おれは一人で捜す」

止まらぬ肥前に、備後は唾を吐いた。

「ふん、勝手にしろ」

村正を引いて鮫鞘に納めた備後は、東郷に顔を向ける。

「何をしている、立て。早く案内しろ」

跳ねるように立ち上がった東郷は、落としていた刀を備後の家来から渡された。

「我らはこれより、お前の配下だ。ただし、途中で妙な真似をすれば即、首をはねる」

備後にうなずいた東郷は、意を決して訊く。

「どうやって会津に入った」

備後は片笑むのみで、教えなかった。


脅しに屈して城下の屋敷に戻った東郷は、出迎えた中間を押して中に入り、誰が来ても戸を開けるなと言いつけた。

馬を引いて続々と入る見知らぬ侍たちの、殺気と悪意に満ちた顔つきに、中間は目を白黒させている。

その中の一人から、高圧的な態度で門を閉めろと命じられた中間は、すぐさま大扉を閉め、閂《かんぬき》をかけた。

振り向いた中間は喉元に白刃を当てられ、ひっ、と小さな悲鳴をあげた。

「あるじが言ったとおり、人が来ても門前払いしろ。妙な真似をすれば、その場で斬る」

「分かりました」

強《こわ》ばった顔で返事をする中間の背中を押した侍は、そのまま見張りについた。

何もできぬまま母屋に上がった東郷に、備後が問う。

「家には誰がいる。隠さず教えろ」

「弟と妹と、用人、下男が二人、下女が三人です」

「親は」

「両親は亡くなり、他の家来は、先ほどあなたに殺された」

声が聞こえたらしく、留守をしていた老臣が障子を開けて出てきた。東郷の急な帰りに驚き、いかにも物騒な備後たちを見て不安そうな顔をする。

「殿、この方々は……」

「騒ぐな加平《かへい》。千香《ちか》と、吉四郎《きちしろう》を表に呼んでくれ」

東郷に言われて、加平はいぶかしそうな顔を備後たちに向けながら、奥へ下がろうとした。

「下男と下女たちも集めろ」

備後が言うと、行こうとしていた加平が止まって振り向く。

「殿、どういうことなのです」

「いいから、言われたとおりにするのだ」

言いつける東郷の異変に気付いた加平は、血相を変えて行こうとしたが、備後の配下が追って捕まえ、案内させた。

程なく、千香と吉四郎が表の広間に出された。

千香は十、吉四郎は七つ。

二人とも泣いてはいないが、身なり悪く物騒な大人たちを見て、怯え切った顔をしている。

「千香、吉四郎」

東郷が声をかけると、二人は配下の手を振り払い、駆け寄った。

抱きとめた東郷は、兄がいるから大丈夫だと言って座らせ、庭に連れてこられた下男下女には、大人しくしていろと声をかけた。

備後が配下に命じる。

「下男下女は、抗《あらが》えぬよう柱に縛り付けておけ」

東郷が備後に問う。

「何が目当てだ」

備後は、兄弟を抱いている東郷に歩み寄り、吉四郎の頭をなでた。

「そう怖い顔をするな。兄上が我らの言うとおりにすれば、お前たちを痛い目に遭わせやしない」

目を向けられた千香は、怯えて東郷にしがみついた。

備後が微笑み、東郷に問う。

「我らは、間抜けなお前たちが逃がした菱を捜している。だがこの少人数だ、ちと、力になってもらおうと思うが、捜索の指揮を執《と》っているのは誰だ」

「次席家老だ」

「佐久間由良か。名前だけは知っているが、住処《すみか》を知らぬ。案内してくれ」

「断る！」

「おいおい、周りが見えていないのか。もう一度言うぞ……」

「何度言っても同じだ！」

断固とした態度を取られた備後は、庭にいる配下に顎で指図した。

配下はすぐさま抜刀し、躊躇《ためら》うことなく下男の首をはねた。

東郷は千香と吉四郎が見ぬように頭を抱きかかえ、備後を睨む。

備後は、先ほどまで見せていた柔和な面持ちではなく、真顔で東郷を見ている。

情を感じられぬ眼差しに、東郷は妹と弟の命の危険を感じ、きつく目を閉じた。

「言うとおりにしますから、もう誰も殺さないでください」

「初めから従っていれば、下男は死なずにすんだのだ。愚か者め」

備後は言葉を吐き捨て、千香と吉四郎を東郷から引き離し、加平たちと一緒に部屋に閉じ込めた。

「今からは、おれの言うとおりにしろ」

備後から細々《こまごま》と指図を受けた東郷は、従うと約束し、屋敷を出た。

次席家老の屋敷は、城の大手門前にある主席家老、保科正興の屋敷とは少し離れ、外堀に面した場所にある。

角地だが、その右隣は藩の大目付が暮らす屋敷があり、東郷はその門前を通る時、緊張した面持ちになった。

見知らぬ備後たちといるのを大目付屋敷の者から不審に思われれば、備後たちは容赦なく、大目付であろうと殺すに違いない。東郷はそう思い、恐れているのだ。

だが、大目付の家来たちも、菱の捜索に出ているらしく、門前は静かだった。

門番さえ顔を出さぬ大目付屋敷の前を過ぎた東郷は、前から二人連れの藩士が歩いてくるのを見て、緊張を高めた。

備後と配下四人に囲まれて歩く東郷は、顔を伏せ気味にした。

前から来た二人連れは、野袴《のばかま》に無紋の羽織を着けた備後たちを、不審そうな顔で見てきた。

だが、備後の配下たちが揃って会釈をすると、藩士たちも会釈をし、前を向いてすれ違っていった。

「いいぞ、その調子だ」

備後が言い、東郷の背中を押す。

東郷が佐久間家の門前に立つのを、藩士たちは振り向いて見もしない。

おとないを入れる前に脇門が開き、中間が二人出てきた。

東郷が名乗り、備後たちが疑われないよう口上をする。

「藩の重大事項について、御家老に相談したいことがある。今は登城されておろうから、中で待たせていただきたい」

中間は備後たちを見て、東郷に言う。

「御用人にお伝えしますからお待ちを」

一人が残り、一人が中に入った。

さして待たすことなく出てきた用人が、顔見知りの東郷に親しみを浮かべる。

「ご報告とは、逃げた菱のことですか」

「いかにも」

「この方々は」

「公儀の御使者です」

用人は驚いた。

「菱のことをしゃべったのですか」

「その菱のことで、御公儀からの沙汰を伝えに来られたそうです。領内が騒がしいことを不思議に思われ、捜索をしていた村人に問われておられたところにそれがしが声をかけ、ことが分かった次第。江戸に伝われば藩の恥。そこで、御家老と話をしていただきたく、お連れしました」

嘘を信じた用人は神妙にうなずき、大門を開けさせて中に入れた。

公儀の使者になりすました備後たちは、通された客間で静かに座している。

背後に座る東郷は、村正を小姓に預けている備後の背中を睨み、膝の上に置いている手を固くにぎりしめた。

脇差しで突き殺してしまおうか、という衝動を、妹と弟のために断ち切ったのだ。

まるで胸の内を見透かすように、備後が横顔を向けて言った。

「それが賢明だぞ」

動揺した東郷は、目を泳がせ、黙って下を向く。

薄笑いを浮かべた備後が前を向いた。

それからは、一言もしゃべらず待ち、日が西にかたむいた頃に、ようやく佐久間が戻ってきた。

用人から話を聞いたらしく、急ぐ足音が廊下に響き、客間に入った佐久間が、東郷を一瞥し、前に座す備後の前に正座した。

「お待たせいたしました。会津藩次席家老の佐久間備後守《びんごのかみ》にございます」

すると備後は、目を細めた。

「ほう、そなたも備後を名乗るか」

佐久間は一瞬動揺した。

「御使者も。それは奇遇ですな」

「いや、おれは官位ではなく、ことが成ったあかつきには、備後の国主になる予定なのだ」

佐久間は眉根を寄せた。

「こととは……」

「まあ、いずれ分かる」

備後が片笑む。

異変に気付いた佐久間と家来たちが立とうとした時、備後の配下たちが片膝立ちで両腕を振るった。

佐久間の家来たち四人の喉に短刀が突き刺さり、呻き声も出さずに倒れた。

佐久間は脇差しを抜いて下がり、廊下へ逃げようとしたが、備後の配下に捕まり、喉に刃物を当てられた。

それからの備後たちの動きは速かった。あるじを人質にして家来たちの動きを封じ、後から来て控えていた他の配下五人を屋敷に入れて、乗っ取ったのだ。

妻子を人質に取られた佐久間は、恨みに満ちた顔を東郷に向けた。

「東郷、これはどういうことだ。貴様、裏切ったのか」

「申しわけございませぬ。家来を殺され、弟と妹を殺すと脅され、言いなりになるしかなかったのです」

同じ立場に置かれた佐久間は、それ以上東郷を責めなかった。あるじ面《づら》をして上座であぐらをかいている備後に顔を向ける。

「貴様ら何者だ。蜘蛛の一党か」

「我らは朝廷の者だ。徳川の天下を終わらせるための皇軍。そう思うがよい」

「さては、下御門の手下か。朝廷からつまはじきにされた者が、軽々しく皇軍などと口にするでない。所詮は逆賊ではないか」

そう言った途端に、脇に立っていた備後の配下に顔を殴られた佐久間は、仰向けに倒れた。

鼻血が流れた佐久間の顔を見た十六歳の娘が、気絶した。

愉快そうに笑う備後が、座らされた佐久間の前に歩み寄り、見下ろす。

「その力のない者が、お前に役目を与える。菱と鷹司信平が領内にいるのは分かっている。家族を守りたければ、見つけ出してここへ連れてこい」

「鷹司様だと？　馬鹿な、あり得ぬ」

「知らぬところをみると、信平は密かに入ったようだな。公儀と会津は、仲違《なかたが》いをしているのか」

「嘘で混乱させようとしても、その手にはのらぬ」

「信平は確かにいる。幽閉所から菱を連れ出し、会津から連れ去ろうとしているのだ。つべこべ言わずに、必ず見つけ出せ」

「断る。菱ならともかく、鷹司様は将軍家縁者だ。捕らえられるわけがなかろう」

拒む佐久間を無慈悲の面持ちで見据えた備後は、配下が捕まえている若い侍女の前に行くと脇差しを抜き、胸元に刺し込むやいなや、着物と帯を切った。

柔肌を露《あら》わにされた侍女が悲鳴をあげて抗おうとしたが、配下に押さえられているためどうにもならない。

「見ろ、いい眺めだ」

備後が興奮気味に言うと、配下が笑って侍女の着物を剝ぎ、素っ裸にした。

恐怖と恥ずかしさで泣き叫ぶ侍女。

見かねた奥方が、

「おやめなさい！」

備後を叱った。

途端に怒気を浮かべた備後が、奥方に歩み寄る。

強気の奥方は、目をそらさず備後を睨んでいる。

備後は、ふっと笑みを浮かべると、奥方の横に進み、気を失っている娘の横に片膝をつく。

「なかなか美しい娘だな。どれ、身体を見てやるか」

「よせ、よさぬか」

佐久間が、今日一番の怯えを見せた。

聞かぬ備後は、叫んで止めようとする母親を突き放し、配下に押さえさせた。

「そこで見ていろ」

備後は母親に罰を与えるように言い、仰向けに寝る娘の身体に脇差しの切っ先を這《は》わせ、胸元に近づける。

「おのれ！」

叫んだ東郷が備後に飛びかかろうとしたが、備後の配下が抜刀し、鋭い剣さばきでほぼ同時に、腕と足を浅く斬った。

倒れて呻く東郷を見下ろした配下が、痩せた頬に微笑を浮かべて刀を逆手に持ち、胸に突き入れようとした。

「やめろ！」

「言葉が違うな！」

備後が怒鳴り、佐久間を睨んだ。

「どうするのだ、ええ！」

佐久間は目を閉じ、歯を食いしばる。

「分かった。言うとおりにする」

備後は配下に顎で指図し、刀を引かせた。そして、立ち上がって娘から離れ、裸にされた侍女に着物をかけた。

「恨むなら、佐久間を恨めよ」

侍女は着物で身体を隠し、備後を見上げた。

備後は微笑んで上座に戻り、皆に向く。

「竹村《たけむら》」

「はは」

「佐久間の目付をいたせ」

「承知」

「佐久間、分かっておろうが、妙な真似をすれば、この屋敷にいる者は皆殺しだ。こころして働け」

「見つけてお連れすれば、まことに家族を解放するのか」

「二言《にごん》はない。ゆけ」

脅しに屈した佐久間は、奥方を見て、大丈夫だ、という目顔でうなずき、家来と竹村を連れて出かけた。

四

夜を待って城下へ入っていた佐吉たちは、町の者に旅の者だと偽って医者の家を訊《たず》ねるつもりで、江戸の日本橋にあたる目抜き通りを歩いていた。

佐吉が、大店《おおだな》の者に訊いたほうが、良い医者を紹介してもらえると言ったからだ。

地理に疎い皆は、捜索をする藩士の目も気にしながら町を歩き、まだ商いをしている店を探した。

だが、江戸と違って、明かりを灯《とも》して商う店はなく、どこも戸が閉められている。

道行く者が見てくるのを気にした佐吉は、皆に言う。

「このままでは怪しまれる。どこでもいいから戸をたたいて、医者を紹介してもらおう」

通りの反対に間口が広い呉服屋を見つけた佐吉は、そちらに渡ろうとしたのだが、菱が止めた。

「あそこに薬種問屋がある」

指差す先には、亀甲屋《きっこうや》の看板を挙げた店がある。

「医者よりも、薬草を多く扱う薬種問屋のほうがいい」

菱にそう言われて、佐吉と鈴蔵はうなずいた。

鈴蔵が先に走り、表の戸をたたいた。

潜り戸が開き、明かりが漏れる。

鈴蔵が事情を告げると、手代らしき若者が首を伸ばして佐吉たちを見、すぐに戸を閉めた。

「だめか」

歩み寄って訊く佐吉に、鈴蔵が言う。

「あるじに確かめるそうです」

待つこと程なく、ふたたび潜り戸が開けられ、手代が顔を出した。

「どうぞ、お入りください」

「世話になる」

鈴蔵が言うと、信平を背負う佐吉の大柄に驚いた手代は、大戸を開けてくれた。

中は薬草の匂いが充満し、菱が言ったとおり種類は豊富そうだ。

「これなら、目当ての薬がありそうだな」

そう言った茂木が、店に出てきた中年の男に歩み寄る。

「あるじか」

「はい」

「これから申すことは、他言無用だ。よいな」

威厳に満ちた態度の茂木に、あるじは緊張した様子で問う。

「それは、どういったことでしょう」

「それがしは、公儀目付役の茂木と申す。背負われていらっしゃるのは、将軍家縁者の鷹司信平殿だ」

「えっ」

目を見張ったあるじが、慌てて三和土《たたき》に下りようとするのを、茂木が止める。

「そのままでよい。我らはわけあって、会津藩に伏せて動いておる。信平殿は、災いをもたらす者の毒に冒され一刻を争う。助けを願いたい」

「それは一大事。どうぞ、お上がりください。今、布団を敷きます」

あるじは手代に戸を閉めさせ、妻女を呼んで表の客間に案内した。

妻女と下女が敷いてくれた布団に、佐吉がそっと信平を寝かせる。

あるじは妻女と並んで下座に正座し、

「改めまして、あるじの鶴右衛門《つるえもん》にございます。これは、妻のみつでございます」

夫婦揃って頭を下げた。

茂木は面《おもて》を上げさせ、他言無用と念押しした。

「藩の者にも伏せてくれ。これは、我らの身を明かす書状である」

酒井大老が信平に持たせていた物を見せると、鶴右衛門夫婦は平身低頭して従った。

菱はさっそく信平の身体を診たが、表情を曇らせ、佐奈矢に言う。

「時間が経《た》っても、あまり良くなっていない」

「やはり、毒消しが効きませぬか」

「毒がなんであるか分かればいいのだが」

佐奈矢と話す菱の声を聞いた茂木が、鶴右衛門から膝を転じて顔を向ける。

「同じ物か分からぬが、江戸で伊豆に襲われた者は、目に黒い毒を浴びせられていた」

大目付の名を伏せて教える茂木。

菱は眉間に皺《しわ》を寄せた。

「黒い毒」

そう独りごちて考えた佐奈矢が、はっとして菱を見た。

菱はうなずく。

「間違いない。伊豆と名乗ったあの男は、宇陀《うだ》一族の生き残りだ」

佐吉が身を乗り出す。

「何者なんだ」

佐奈矢が顔を向ける。

「宇陀一族は、毒の扱いに優れた者。暗殺を生業《なりわい》としていたが、命を狙われた徳川家《いえ》康《やす》によって討伐され、一族は滅んだと聞いていた。信平殿の様子を見る限り、どうやら、生き残っていたようだ」

佐吉は焦った。

「黒い毒とは、どのような物なのだ。殿は助かるのか」

佐奈矢が渋い顔をした。

「宇陀一族は、元は信州の山奥で細々と暮らし、狩猟をして生きておった。黒い毒の正体は、獲物を仕留めるために使う矢毒。口から入るには害はなく、宇陀一族は毒で歯を黒く染め、唾と共に目に吹きかけて使い、あるいは刃物に塗り、傷つけて毒に冒させるのだ」

佐吉が安堵した。

「口から入っても害がないなら、たいした毒ではないのだな」

佐奈矢は佐吉に厳しい顔をする。

「口以外は、話が変わってくる。まず目から入れば、眠り続けて飢え死ぬ。信平殿のように傷口から冒されれば、見てのとおりだ。何もしなければ毒が全身に回り、腸《はらわた》から腐っていく。浅手の傷にもかかわらず血が止まらぬのは、毒消しが効いておらぬ証。早う気付いておればよかった」

佐吉が目を見張った。

「手遅れだというのか」

「…………」

口を閉ざしてしまう佐奈矢に、佐吉は迫る。

「どうなのだ。なんとか言ってくれ」

佐奈矢は首を横に振った。

見る間に目を赤くする佐吉が、鈴蔵に向く。

「鈴蔵、お前毒には詳しいだろう。なんとかしろ」

鈴蔵は下を向いて言う。

「そのような毒があることを、初めて聞きました」

佐吉は茂木を見たが、茂木も深刻な顔をして言葉にならぬ様子。

「わたしなら治せる」

言ったのは、先ほどから考える顔をしていた菱だ。

佐吉が見ると、菱は自信ありそうな顔でうなずき、鶴右衛門に紙と筆を頼んだ。

取りに行ってくれたみつから受け取った紙に、菱はつらつらと筆を走らせ、十種類の薬草の名を書いて差し出した。

「この薬草が店に揃っているなら、すぐ出してくれ」

鶴右衛門は、受け取った紙に目を落とし、一つ一つ指を向けて確かめた。そして、渋い顔をする。

「一種類だけ、紅胡麻《べにごま》の根がありません」

すると、菱が不服そうに言う。

「薬種問屋だろう。なんとか手に入れろ」

「そうおっしゃられましても……」

鶴右衛門は顎を指でつまんで、考え込んだ。

茂木が菱に問う。

「揃えば、信平殿を救えるのか」

菱は茂木を見てうなずく。

そうだ、と声をあげた鶴右衛門が、茂木に言う。

「藩の御殿医をしていらっしゃる阿賀《あが》先生は、自ら薬草を育てておられますから、あるかもしれません」

茂木は首を横に振る。

「藩に関わる者は頼れぬ」

「手前が行って、分けてもらいましょう。日頃お世話になっていますから、怪しまれることもないと思います」

菱が言う。

「では急いでくれ。信平殿の顔色が優れぬ。また毒が回りはじめたかもしれぬ」

佐吉は焦った。

「鶴右衛門殿、頼む」

「では、さっそく行きます」

「待て」

茂木が止め、佐吉に言う。

「念のため、誰か同道したほうがいい」

佐吉はうなずいた。

「鈴蔵、行ってくれ」

応じた鈴蔵は立ち上がった。

阿賀の家は、亀甲屋から城に向かって少し歩いた、武家屋敷が並ぶ通りの一角にあった。

急な病で頼ってくる者がいる医者は、たいがい夜も応対するところがほとんどだが、阿賀の家も違《たが》わず、おとないに応じて戸を開けてくれた。

鶴右衛門が親しそうに声をかける若い見習いの男は、鈴蔵をちらと見て、どなたか具合が悪くなったのか、と心配した。

鶴右衛門は、店の者ではないと言い、阿賀に薬草を分けてもらいに来たと言うと、見習いの男は安堵し、中に入れてくれた。

見習いの男は鈴蔵のことを、患者の身内だと思ったのだろう。

「心配ですね」

気の毒そうな面持ちで言ってきた。

信平を案じている鈴蔵の胸の内が、表情に出ていたのだろう。鈴蔵は神妙な顔で頭を下げ、鶴右衛門に続いて母屋に入った。

見習いから知らされた阿賀が出てきたのは、程なくのことだ。まだ仕事をしていたらしく、着物の上に、白地の上着を着けている。

頭を下げる鈴蔵を一瞥した阿賀は、飄々《ひょうひょう》とした面持ちを鶴右衛門に向けて言う。

「患者の症状はどんな具合だね」

「先生のお手をわずらわせるほどのこともないのですが、効く薬草がうちにはありませんので相談に上がりました」

「ああそう。で、何がほしいのだ」

「紅胡麻の根です」

阿賀は表情を一変させ、眉間の皺を深くした。

「それならあるが、いったい誰が毒にやられた」

「すみません先生、それは言えないのです」

阿賀は鈴蔵に疑いの眼差しを向けて言う。

「誰かに脅されているのか」

鶴右衛門はかぶりを振った。

「まさか、そんな」

阿賀が鶴右衛門を見て言う。

「紅胡麻の根は、使い方を間違えれば毒にもなる。誰に使うのかも言えないなら、渡せないぞ」

鶴右衛門は、困った様子で鈴蔵に助けを求めた。

鈴蔵はうなずき、阿賀に言う。

「他言無用に願います」

「わしは医者だ。秘密は守る」

「我があるじ、鷹司松平信平です」

阿賀は驚かず、別室の障子を開けて入った。

薬草が所狭しと置いてある部屋からは、いろいろな薬草の香りが混じった匂いがしてくる。

ごそごそ探していた阿賀が、あった、と言って出てくると、茶色に干からびた、髭《ひげ》のような物を鈴蔵に差し出した。

「これだ」

鈴蔵は一本ほど取り、匂いを嗅いでみる。すると、擂《す》り下ろした生姜《しょうが》に似た香りがした。

「間違いござらぬか。殿はもう弱っておられる。違っていたではすまされぬのです」

阿賀はうなずく。

「心配するな。わしがこの手で育てたのだから間違うはずはなかろう」

「では、ありがたく頂戴します」

鈴蔵は礼を言い、懐から財布を出すと、阿賀は人差し指を立てた。

「小判を持っているなら一枚だ」

「はは」

言われるまま一枚取り出して差し出すと、阿賀は上機嫌で受け取り、薬草を紙に包んで渡してくれた。

「あるじが助かるなら、一両は安いもんだろう」

そう言って、にこりと笑う。

鈴蔵は頭を下げ、鶴右衛門を急がせて帰った。


表まで見送った阿賀は、弟子に門を閉めさせて母屋に戻り、奥の自室の障子を開けた。中に入り、さらに奥の襖《ふすま》の前で立ち止まり、声をかけた。

「言われたとおりにしました」

返事がないので襖を開けると、蠟燭《ろうそく》の火が灯った部屋には、誰もいなかった。

阿賀は廊下に出てあたりを捜したが姿はなく、残念そうに息を吐いた。

「ここに来ることがどうして分かったのか訊こうと思うたのに、逃げられたか」

鈴蔵から受け取った小判を顔の前に上げ、まあいいか、という顔をした。

いっぽう、阿賀の家を辞した鈴蔵は、備後と合流していた伊豆の配下らに、隠れて見られていることに気付けなかった。

「奴は信平の家来だ」

伊豆の配下に教えられたのは、竹村だ。佐久間を備後がいる屋敷に戻した後、伊豆の配下と合流して捜索をしていたところ、伊豆の配下が鈴蔵を見かけ、跡をつけていた。

手柄を挙げたい竹村は、幸運に恵まれたのだ。

「奴を追えば信平と菱に行き着く」

竹村は伊豆の配下を促し、鈴蔵の跡をつけた。

信平のことで頭が一杯だった鈴蔵は、怪しい影に気付かず亀甲屋に帰ると、菱に包みを渡した。

包みを開けて薬草を出そうとした菱は、鈴蔵を見て、紙を取り出した。いつの間に入れたのか、手紙が忍ばされていたのだ。

目を通した菱は、

「信平殿を治すのが先だ」

と言い、茂木に渡して、毒消しを作ると言って佐奈矢と部屋から出ていった。

目を通した茂木は、内容に目を見張り、佐吉と鈴蔵に見せた。

手紙には、

佐久間由良の屋敷が乗っ取られ、藩を挙げてお前たちの探索をしている。

今すぐ逃げろ。

そう書かれていた。

佐吉が亀甲屋に問う。

「佐久間由良とは誰だ」

「藩の次席家老様です」

目を見張った佐吉は、茂木に言う。

「乗っ取ったのは、銭才の手の者に違いござらぬ。どうしますか」

「信平殿がこれでは動けぬ。だが、家老が脅されて動いているとなると、相手が信平殿とて容赦なく捕らえるはず。せめて、菱殿だけでも逃がそう」

「ではそれがしは、この文を主席家老に届けます」

佐吉が言ったが、茂木が止めた。

「待て、保科殿はどう動くか分からぬから、今は信平殿の治療が先だ。外を見張ろう」

「承知」

応じた佐吉は、鈴蔵を残して茂木と見張りに立った。

外に怪しい影はなく、菱と佐奈矢が道具を使う音が店からしている。

佐吉は時々、中の様子を見ながら見張り、何ごともなく一刻が過ぎた。

信平のそばにいた鈴蔵が、佐吉を呼びに来た。

「薬ができたそうです」

応じて信平のところに戻ると、佐奈矢と菱が遅れて入ってきた。

裏を見張っていた茂木も、怪しい者はいないと言って戻ってきた。

佐吉が言う。

「思いどおりの毒消しができたのか」

　菱はうなずき、信平の横へ座った。

　佐奈矢が器と茶瓶を持っているのを見た茂木が、菱に言う。

「ここからは鈴蔵殿が手当てをする。今すぐここを出よう。それがしが甲斐へ送る」

　菱が鋭い目を向けた。

「家老を見捨てるのか」

　佐吉が答える。

「それがしが、藩の主席家老に知らせて助けていただく」

　菱は佐吉を見て、何も言わずに、信平の腕のさらしを解いた。

「菱殿」

　茂木が急《せ》かしたが、菱は手を止めずに言う。

「信平殿は、わたしの命を守ろうとした。次はわたしの番だ」

　血はまだ止まっておらず、さらしを解くと傷に浮き、一筋流れた。

　菱は傷口を盥《たらい》の水で丁寧に洗い、乾いた布で拭うと、佐奈矢から受け取った器から塗り薬を指にすくい、傷に塗った。

　白濁した薬をたっぷり塗り終えると、さらしを当てて押さえ、その上から巻いた。

続いて茶瓶を取った菱は、湯呑《ゆの》みに毒消しを注いで口に含み、信平に顔を近づけ、躊躇いなく口移しで飲ませた。

甲斐甲斐しい姿に、佐吉と鈴蔵は顔を見合わせ、佐吉が問う。

「菱殿、殿は目をさますのか」

菱は唇を拭い、佐吉を見た。

「わたしの見立てが違っていなければ、明日の朝までには目をさます。だが、もし違っていれば、朝までもたぬ」

佐吉は息を呑み、膝を進めた。

「そ、そんな。宇陀一族の毒だと、はっきり言ったではないか」

「間違いないとは思うが、期待を持たせることは言わぬ。覚悟もしておけ」

菱はそう言うと、ふたたび口移しで毒消しを飲ませ、身体が冷えていると言って、信平の胸をさすりはじめた。

佐吉と鈴蔵が飛び付くように信平のそばに寄り、

「殿、薬草が効いてきますぞ」

「しっかりしてくだされ」

声をかけ、手足を懸命にさすった。

五

戻った竹村から話を聞いた備後は、ほくそ笑んだ。そして、配下に見張らせている佐久間がいる部屋に行った。

妻子のそばで、家来たちと休んでいた佐久間は、娘をかばって備後と向き合う。

備後は鼻先で笑う。

「そう怖い顔をするな。お前に朗報だ。うまくやれば、家族を自由にしてやる」

「何をすればよいのだ」

「薬種問屋の亀甲屋は知っているな」

「知っているとも」

「菱と信平はそこにおる。会津藩家老として手勢を率いて囲み、二人を連れてこい。他の者はその場で殺せ」

「公儀目付役を殺せというのか」

「心配するな。目付役は竹村が殺す」

佐久間は、備後の真意を探る眼差しをする。

「連れてきたら、我らも口封じに殺すつもりだろう」

するると備後は、哀れんだ顔をする。

「取り越し苦労はよせ。我らは菱にしか用がない。菱を会津藩家老の屋敷で殺すことに、我らがわざわざ来た意味がある。筋書きどおりにことが終われば、大人しく去る」

「このような状況で信用しろというのが無理だ。妻と子供たちを先に放してくれ。そうしてくれれば言うとおりにする」

備後は笑みを浮かべ、表情とは裏腹に抜刀し、娘に切っ先を向けた。

「今この場で、妻子を殺されたいのか。お前は、おれに指図をする立場にないことを、分からせてやろう」

娘に向かって刀を振り上げる備後に、佐久間は叫んだ。

「分かった！　言うとおりにする！」

頭すれすれに止められた刀の下で、娘の簪《かんざし》が切れて落ちた。

ふたたび気を失う娘を抱きとめた母親が、意を決した顔を佐久間に向ける。

武家女の強い意志。

それを見て取った佐久間は、命より家名を汚さぬことを重んじろと言われた気がした。だが佐久間は、妻子を失うことのほうが恐ろしかった。妻の意に反して備後に従い、側近に手勢を集めさせた。

屋敷を出た佐久間は、竹村が目付として見張る中、三十人の手勢を率いて真夜中の城下を進んだ。

そのあまりの遅さに、竹村が苛立って言う。

「わざと遅く歩いているのか。夜が明けるぞ」

「物々しく走れば、町の者が異変を感じて騒ぎになる。ここはまかせていただこう」

佐久間に他意はなかった。次席家老ともあろう己が、逆賊の言いなりになっていることが保科正興の知るところとなれば、厄介なことになる。そうならぬために、途中で出会った藩の者には、菱の捜索をしているように、見せかけたのだ。

事実今も、前から来た捜索隊の一団が、自ら先頭に立つ佐久間に驚いた。

佐久間は動じず、

「まだ見つからぬか」

そう問い、応じた組頭に、引き続き頼むぞと言って行かせた。

竹村が、そういうことか、と納得し、それからは大人しく付いてきた。

亀甲屋に到着した佐久間は、家来に裏を固めさせて逃げ道を塞ぎ、側近にうなずく。

応じた側近が配下と前に出ると、掛矢《かけや》で戸を打ち毀《こわ》した。

「それ！」

側近の指図で家来たちがなだれ込み、佐久間と竹村が続く。

土足で上がった佐久間は、怖がって騒ぐ店の者を一喝して黙らせ、廊下を進み、明かりが灯されている表の部屋の前に立った。

まず初めに、家来たちが対峙する大男が目に入った。その後ろにいる者たちが守るのは、布団の上で座している、黒い小袖姿の男。
十六、七の娘が手を広げて守るその男こそ信平に違いなく、そうと気付いた佐久間は、目をさましていることに驚いた。
目をさました時、蜘蛛の頭領の正体を聞かされていた信平は、守ろうとしてくれている菱の手を引いて下がらせ、佐久間を見た。

竹村は、怖気《おじけ》づく佐久間に命じる。

「何をしている。捕らえよ」

佐久間は、家族のために従おうとするが、信平の高貴このうえない顔を見ると、迷いが生じた。

「佐久間殿、それがしは公儀目付役の茂木と申す。貴殿は次席家老であろう」

信平を守って立つ茂木の言葉に、佐久間は動揺した。

「どうして、それがしの名をご存じか」

「そんなことはどうでもよい。おぬし、正之侯が残された家訓に背くのか」

佐久間の脳裏に、意を決した妻の顔が浮かんだ。

動かぬ佐久間に、竹村が苛立つ。

「何をしておる！　逆らえば妻子の命はないぞ！」

「うおお！」

叫んだ佐久間は抜刀し、切っ先を信平に向ける。

佐吉が大太刀を抜いて守ろうとした、その時、佐久間は振り向き、竹村に襲いかかった。

不意を衝《つ》かれた竹村は、刀をつかむ間もなく胸を貫かれ、怒りと憎しみに満ちた顔で佐久間に手を伸ばす。

「貴様ぁ」

呻きまじりの声を発する竹村。その背中に向かって佐久間の家来たちが殺到し、庭に引きずり下ろすと、とどめを刺した。

刀を竹村の胸に突き入れたまま手を放していた佐久間は、信平に向かって片膝をついた。

「妻子を失うことを恐れるあまり、御先代の教えを忘れ、目が曇っておりました。平に、お許しくださりませ。ごめん」

脇差しに手をかけ、切腹しようとする佐久間の手を佐吉が止め、鞘ごと奪い取った。

両手をつき、悲しく痛みに満ちた顔をする佐久間の前に歩み寄った信平は、肩に手を差し伸べた。

佐久間は驚き、目を見張った顔を上げて離れ、平身低頭した。

「おそれ多いことにございます」

「そなたの気持ち、麿は身に染みる。急ぎ、妻子を救いにまいろうぞ」

佐久間は顔を上げた。

信平は、優しい顔でうなずいた。

帰りを待つ備後は、佐久間の妻子が大人しく座る前で床几《しょうぎ》に腰掛け、腕組みをして目を閉じていた。

配下が庭に現れ、片膝をつく。

備後は目を開け、先に問う。

「戻ったか」

「もうすぐ到着します」

「菱と信平の様子は」

「信平は毒消しが効いたらしく、自分の足で歩いています。皆縄を打たれ、観念している様子です」

備後は、狡猾な面持ちで片笑む。そして、鮫鞘の大刀を足のあいだに立てた。

「この場に連れてこい。我が村正に、菱の血を吸わせてやる」

応じた配下が下がって程なく、佐久間たちを連れて戻ってきた。

備後は、異変に気付いて立ち上がり、佐久間の前で顔をうつむけている配下に問う。

「おい、竹村はどうした」

するとその配下は、鼻先で笑い、顔を上げた。

先ほどは暗がりにいたため、疑いもしない備後が顔を確かめなかったその者は、配下ではなく、鈴蔵だった。

表門を守っていた配下の二人は鈴蔵に倒され、信平と佐久間たちは、備後の油断を衝いて、難なくここまで来たのだ。

この策を考えたのは、人質に取られている佐久間の妻子と、何より信平の身を案じた鈴蔵だった。

しくじれば命はないが、屋敷に忍び込んで門番を毒針で眠らせ、衣類を奪って備後の前に出ていたのだ。

鈴蔵は備後の足下に向かって、煙玉《けむりだま》を投げた。光と炸裂音《さくれつ》を避けるため、備後が着物の袖で顔を隠す。

その隙に座敷へ上がった鈴蔵は、佐久間の妻子に刀を向けようとした備後の配下に手裏剣を投げ、背中に命中させた。

呻いて下がる備後の配下。

鈴蔵が妻子を守ってくれるのを見た佐久間が、家来に叫ぶ。

「斬れ！　一人も逃すな！」

「おう！」

会津藩士と佐久間の家来たちが揃って声をあげ、屋敷を乗っ取っていた者たちに斬りかかった。

備後の配下たちは応戦し、双方に死傷者が出たものの、佐久間側に勢いがある。

信平が、備後に言う。

「貴様のたくらみもこれまでだ」

備後は信平を睨み、鼻先で笑う。刀を抜いて鮫鞘を捨て、左右の腕を広げて頭上で柄をつかむと、ゆっくり下ろしながら左足を出し、刀身を眼前に立てた。

佐久間が馬の鞭《むち》を備後に向け、斬れと命じた。

応じた家来二人が、手槍《てやり》の穂先を備後に向けて襲いかかった。

備後は胸に迫る穂先をかわして左に踏み出し、家来の胴を斬る。そしてすぐさま、左から突いてきた家来の穂先を眼前にかわして右に転身し、家来の右手を切断。

呻く家来を蹴り倒し、刀で斬りかかった会津藩士を幹竹割りに斬り伏せると、鋭い目を信平に向ける。

「雑魚に頼らず、かかってきたらどうだ。抜け！」

大太刀を振るって敵を倒した佐吉が、備後に向かおうとしたが、信平が手で制した。

その信平の背後から斬りかかろうとした備後の配下を、茂木が防いで押し返す。

備後は村正を右手に下げ、信平に迫る。

斬り上げられた一撃を、右に足を運んでかわす信平。

両者すれ違い、信平は狐丸を鞘走《さやばし》りさせ、抜刀術で備後の腰を払った。だが、備後は背中に眼があるがごとく村正で受け止め、余裕の顔を信平に向ける。その刹那、右腕を大きく振るって村正の刀身を頭上で振るい、信平の頭を狙ってきた。

飛びすさる信平。

同時に踏み込んだ備後の顔が、信平の眼前に迫る。

その時にはもう、信平の左から刃が迫っていた。

まるで生き物のごとく襲いくる村正を、信平は左の隠し刀で受け止め、さらに飛びすさって間合いを空けた。

黒い狩衣の袖を振るい、左の隠し刀を顔の前に立て、右手の狐丸を背後に隠す構えを取る信平であったが、備後の身体がゆがんだ。目まいに襲われた信平は、たまらず隠し刀を地面について、片膝をついた。

頭上から、愉快げな備後の笑いが聞こえる。

「まだ毒が抜け切っておらぬようだが、容赦はせぬ」

「殿！」

佐吉の声が、籠《こ》もって聞こえる。

それらはすべて一瞬のこと。

信平は、目の前に迫る備後が両手で打ち下ろす一撃を、咄嗟《とっさ》に隠し刀で受け止めた。だが、傷癒えぬ左腕の力に勝る備後の村正が、信平の頭に迫る。

信平は狐丸を振るったが、手首を備後につかまれた。

さらに力が込められ、立烏帽子《たてえぼし》が割られ、刃が頭に迫る。

「肥前が貴様を斬ると言っていたが、手柄はおれがいただ……」

急に力が弱まり、備後の顔が見る間に苦痛に変わった。

呻いて下がった備後は、左手を背中に回したものの、口から血を吐き、うつ伏せに倒れた。背骨のあたりに、丸い穴が空いた持ち手の、棒手裏剣が刺さっている。

右手で投げた構えをして、険しい顔をしているのは菱だ。

倒れた備後を見て、菱は信平に顔を向ける。

「身体が軽いと言ったのは嘘だな。死にたいのか」

信平は薄い笑みを浮かべ、横に倒れた。

六

「殿！　殿！」

声に目を開けると、のぞき込む佐吉の顔と、見知らぬ天井が見えた。

「おお、気がつかれましたか」

すっかり夜が明けてしまっている。

起き上がった信平は、佐吉に問う。

「どうなったのだ」

「ご安心ください。備後とその一味は、ことごとく倒しました。東郷という徒頭の屋敷を乗っ取っていた者どもは、佐久間殿が生け捕りにして、銭才の居場所を問い詰めています」

「口を割るとは思えない」

そう言ったのは、菱だ。

信平は、廊下に座して外を見ている菱に言う。

「そなたには二度も助けられた。礼を言う」

菱は何も言わず信平の横に来て座り、額に手を当て、顔色に目を凝らして問う。

「景色がゆがむか」

「いや、まともに見える」

菱は信平の左腕を取り、さらしを解いた。

「血も止まった。もう大丈夫だ。だが、今日一日は休んだほうがいい」

「すまぬ」

「礼はいい。せっかくわたしが助けた命を、他の者に取られたくなかっただけだ。それに、今からわたしたちも世話になる。お互い様だ」

菱はつっけんどんにそう言って、佐奈矢の横へ戻ると、庭に向いて座した。

鈴蔵から水を入れた湯呑みを差し出され、信平は受け取って一口飲んだ。

「茂木殿は」

問いに佐吉が答える。

「佐久間殿と調べておられます」

「そうか」

先ほどの闘いが嘘のように、屋敷は静かだ。

信平は菱を見た。

「佐吉、佐久間殿は、菱殿をどうすると言っている」

「茂木殿が、うまく言い含めてくださいました。御大老の書状をお見せしたところ、ご指示に従うとおっしゃり、国境まで送ってくださるそうです」

「それは助かる」

そう言っているうちに、茂木と佐久間が部屋に来た。

信平が座っているのを見た茂木が、明るい顔をした。

「菱殿、薬が効きましたな」

菱は顔を向けてうなずき、また庭に向いた。

佐久間は恐縮して信平の前に正座し、

「改めて、お礼を申し上げます。妻子も、今は落ち着きを取り戻しております」

信平はうなずいた。

「して、銭才の居場所は聞けたか」

佐久間と茂木は、揃ってかぶりを振る。

茂木が言う。

「厳しく責め立てましたが、どうやらほんとうに知らぬようです。備後が倒れたと知ってすぐさま降参しただけに、あれは銭目当てに集まった雑兵と思われます」

「解き放てば、また敵の下に戻りましょうから、死ぬまで獄へ繋ぎ置きます」

そう言う佐久間に、信平は顔を向けてうなずいた。

鈴蔵が、探るような目を佐久間に向けた。

「御殿医の阿賀先生を使われましたか」

佐久間が不思議そうな顔をした。

「先生が、何か」

「おとぼけを。ここが銭才の手下に乗っ取られていることを、手紙で我らに知らせたのです。御家老は、どうして我らが先生を頼ると知っていたのです」

すると佐久間は、焦った様子でかぶりを振った。

「乗っ取られたことは、外には漏れておりませぬ。先生は何も知らぬはず、あり得ぬことです」

「それは妙だ」

「ほんとうです。まさか、あり得ませぬ」

「では、誰が先生に知らせたのです」

鈴蔵の問いに答えられぬ佐久間は、嘘を言っているようには見えない。

皆が疑問に思う中、佐久間が言う。

「阿賀先生を呼び、訊いてみます」

座を外した佐久間は、廊下に控えていた小姓に阿賀を呼べと命じた。

阿賀が来たのは、信平たちが朝餉をすませた後だった。

信平と共にいた佐久間は、阿賀を部屋に連れてこさせ、さっそく問う。

すると阿賀は、突然訪ねてきた見知らぬ男から脅され、手紙を書いて待っていたと告げた。

信平は、茂木に言う。

「麿が毒に冒されていたのを知るのは、銭才の手の者のみ」

茂木は驚いた。

「では、我らが薬草を求めると見越して、先生のところに行ったと」

「そうとしか思えぬ」

「されど、なぜそのような真似を」

疑問を投げかける茂木から、信平は阿賀に視線を転じた。

「訪ねた者は、どのような男であった」

「髪を後ろで一つに束ねた男ですが、若いのに落ち着いた、好《よ》い男でした」

神妙に答える阿賀は、立派な武人だと付け加えた。

信平の頭に浮かんだのは、ただ一人。

「肥前に違いない」

佐吉が息を呑んだ。

「では、肥前は銭才を裏切ったのですか」

「備後は、肥前が麿を斬ると言っていた。麿をここに誘ったとしか思えぬ。皆、油断するな」

すぐさま佐久間が家来に告げ、屋敷ににわかに緊張がはしった。

佐奈矢が菱に言う。

「お頭、ここに長居は危のうございます」

菱はうなずき、信平に言う。

「すぐに発ちたい」

「承知した」

佐久間が茂木に言う。

「では、お約束どおり国境まで警固します」

「頼みます。信平殿、よろしいですか」

信平は応じ、急ぎ支度を整え、佐久間の屋敷を出た。

七ヶ岳《ななつがたけ》の麓を通り、鬼怒川《きぬがわ》から日光に抜ける道が人目に付きにくいという佐久間の提案を受け、信平は案内を頼んだ。

次席家老の動きを怪しむ目はなく、保科正興の邪魔も入ることなく、国境まで来ることができた。

佐久間は、妻子を救ってくれた信平との別れを惜しみ、菱には、長い幽閉生活の苦労を労《いたわ》った。

「国では、幸せになってくだされ」

蜘蛛の一党の頭領に敬意を払う佐久間の態度に、信平は好感が持てた。

頭を下げて見送る佐久間と家来たちに見送られて、信平たちは峠をくだった。

晴れた空の下、右前方に七ヶ岳の雄壮な景色が見えている。

谷間の村を抜け、鬼怒川を目指して歩いていた信平は、山深く狭い道に差しかかった時、左側の暗い森の中に湧き上がった殺気に顔を向けて止まった。

放たれた矢が、枝葉を飛ばして迫る。

信平は咄嗟に狐丸を抜いて切り飛ばし、木の上から飛びかかってきた曲者を斬った。

弓を捨てた曲者が抜刀し、信平に向かってくる。

肥前の手の者に違いないと思う信平は、菱から離れて曲者に迫る。そして、曲者が斬りかかる一撃をかわして胴を払い、一刀で倒した。

あたりを探ったが、気配はなく、肥前も姿を見せなかった。

倒した刺客を一瞥し、狐丸を鞘に納めて道に戻ろうとした、その時、反対の山の中に、うごめく影が見えた。

「後ろだ！」

信平が叫ぶのと、その曲者が木陰から出るのが同時だった。

皆は、木陰から出た曲者に応じようとしたが、もう遅い。

曲者は菱めがけて、手裏剣を投げた。

鈴蔵が投げた手裏剣がその曲者の目を貫き、呻いて倒れた。

「爺《じい》！」

叫んだのは菱だ。

信平が道に戻ると、菱が抱きとめた佐奈矢の背中に、丸い穴が空いた持ち手の、棒手裏剣が刺さっている。

佐奈矢は咄嗟に菱をかばい、背中で受けていたのだ。

口から血を流した佐奈矢を支え切れない菱は、共に倒れた。すぐに起き上がり、抱いて叫ぶ。

「爺、死ぬな！」

佐奈矢は穏やかな笑みを浮かべた。

「どうか、ご無事で……」

「今手当てをする」

菱は背中の手裏剣を抜こうとしたが、佐奈矢が止めた。

「信平殿……」

呼ばれた信平がそばに行くと、佐奈矢は、こめかみに血筋を浮かして頭をもたげた。

「信平殿、お頭を、頼みます」

息も絶え絶えに言う佐奈矢に、信平はうなずいた。

「しかと承《うけたまわ》った」

佐奈矢は安堵した顔をし、菱を見ると、身体から力が抜けた。

「爺！」

抱いて叫ぶ菱が落ち着くまで、信平はあたりを警戒した。

鈴蔵と佐吉、そして茂木が、周囲を固めている。

ひとしきり涙を流した菱が、佐奈矢を膝から下ろし、背中から手裏剣を抜いた。

先が菱形《ひしがた》の鋭い手裏剣に、信平は見覚えがある。

にぎりしめ、悔しそうな顔で見つめている菱に声をかけようとしたが、その前に手裏剣を捨てた菱は、鈴蔵が倒した曲者のところに行き、覆面を取った。

信平がそばに行く。

「そなたの知る者か」

菱はかぶりを振った。

「知らぬが、手裏剣は蜘蛛の一党が使う物。薄雪だ。奴の命令で襲ったに違いない」

そう言って立ち上がった菱は、自分の首から下げていた飾り物を外し、信平に差し出した。

何かの獣の牙で作られた飾り物を見る信平に、菱が言う。

「甲府城《こうふじょう》の北の坂上に、信玄公の居館だった躑躅ヶ崎《つつじがさき》館跡がある。その裏に、佐奈矢の息子佐奈樹《さなき》が暮らしているから、これを渡してほしい。何があっても、薄雪に味方するな。わたしがそう言っていたと、伝えてくれ」

信平は受け取り、来た道を戻ろうとする菱の腕を引く。

「一人で、どこに行く」

菱は振り向かずに言う。

「陸奥藩の本城がある、塩竈《しおがま》に行く。薄雪は元々塩竈を拠点にしていたから、今もそこにいるはずだ」

手を放そうとする菱の腕を、信平は放さない。

「佐奈矢殿の仇《かたき》を討ちに、ゆくのか」

菱はうなずいた。

信平は問う。

「その者が、何ゆえそなたを襲わせる」

「わたしの後釜になるべく、前から暗躍していることは分かっていた。正之侯が教えてくれたからな。このままでは、甲斐に戻るまで数多の刺客に襲われる。頭領として、薄雪を捨て置けぬ」

「さようか。鈴蔵」

「はは」

信平は、そばに来た鈴蔵に菱の飾り物を渡した。

「菱殿の話を聞いていたな」

「はい」

「では、そのように頼む」

「承知」

菱が目を見張る。

「どうするつもりだ」

信平は答えず、茂木に顔を向ける。

「茂木殿、麿は菱殿に同道する」

するとと茂木は、仕方ない、という顔をした。

「ではそれがしは、山元藩の城へ行き、忠興殿の様子を見るというもう一つの役目を果たすことといたし、途中まで同道します」

佐吉は、佐奈矢の骸を背負い、そばに来た。

信平は、驚きを隠さぬ顔で黙っている菱に言う。

「同道させてくれるか」

菱は信平の目を見て、すぐにそらした。

「心配するな。わたしがいなくても、佐奈樹が皆を抑えてくれる」

「命の恩人でもあるそなたを、死なせるわけにはゆかぬ」

菱は、驚いた顔で信平を見た。そして、穏やかな笑みを浮かべる。

「分かったから、手を放してくれ」

信平が放すと、菱は佐奈矢を背負う佐吉を見て言う。

「爺は、この世を去った時は、山に埋めてくれと常々言っていた。好きだったもみじが、この山にあるとよいのだが」

菱が涙を堪えているのが伝わったのだろう、佐吉は涙目で応じた。

「探せばあるはずだ」

甲府に走る鈴蔵と別れた信平たちは、道を戻り、峠の途中の、見晴らしが良い場所に自生していたもみじを見つけ、近くに佐奈矢を埋葬した。

「爺、見ていてくれ」

手を合わせてそう言った菱は、信平にうなずき、峠をゆく。

肥前への警戒を怠らぬ信平は、あたりを見つつ菱を守り、陸奥を目指す旅に出た。

第三話　追い詰められた若君

一

「油で焼いた茄子《なす》に味噌が染み込んで、旨い」

おかめ顔の目を閉じて上を向いている五味は、呑気にお初の味噌汁を堪能している。

お椀《わん》を口に運んですすり、またため息をついた。

「ああ、疲れが抜けていくぅ。お初殿、今日はいつにも増して、旨いですな」

五味が嬉しそうな顔をして言うと、お初は薄く笑みを浮かべて、台所仕事に戻った。

居間ではなく、台所の板の間に上がり込んで味噌汁をもらっていた五味は、菜物を切りながら見ている下女のおたせに愛想笑いをして、忙しく働くお初を目で追う。

味噌汁を一口飲むうちに、お初が近くに来たのでふたたび声をかけた。

「信平殿が会津に行かれて、今日で二十日になりますな。今頃何をされているのでしょうね。便りはありましたか」

戸棚から鍋を出したお初が、五味に顔を向けた。

きりりとした目に見とれる五味に対し、お初は小さく首を横に振っただけ。すぐ仕事に戻り、鍋に水を入れている。

相手にされなくとも、見ているだけで幸せそうな五味のことを、年長の下女おつうと、年少のおきぬが、笑いながら見ている。

おつうが手を止めて言う。

「五味様、今日のお役目は終わりですか」

五味は笑顔を向ける。

「今日は非番だ。お初殿の味噌汁が飲みたくてお邪魔をした」

「あら、そこはお顔を見たくなってきたって言わないと」

「おつうさん」

お初は振り向きもせず言う。

おつうは首をすくめて、仕事に戻った。

笑った五味は、お初に言う。

「便りがないのは無事の証。会津までは江戸から歩いて五日。信平殿は馬ですから、お役目がすんなり終われば……。んん？　遅いな。もうとっくに戻られてもいいはずでは」

お初は手を止めて振り向き、満面の笑みを浮かべる。

「そのうち戻られますよ」

やけに優しい口調に、五味はかえって心配になり、神妙な面持ちをする。

「何か、あったのですか」

「何もないわよ」

顔は笑っているが、目が怖い。

おつうたちに聞かせたくないのだとようやく気付いた五味は、適当に話を合わせて誤魔化《ごまか》し、

「さて、暇だから、ご隠居の将棋の相手でもしますかな。ごちそうさま」

下女たちに礼を言い、善衛門の部屋がある裏向きへ向かった。

裏庭から、元気のいい子供の声が聞こえてきた。

五味は歩を早め、廊下の角を曲がった。すると、善衛門が袴の股立《ももだ》ちを取り、木刀を構えていた。相手は、佐吉の一人息子の仙太郎《せんたろう》だ。父がいない寂しさを紛らわすためか、善衛門は稽古を付けてやっているのだ。

今年八歳になった仙太郎は、佐吉の息子だけに、同じ年頃の子供より背が高く、体軀もいい。若衆髷《わかしゆまげ》に結い、木刀を正眼に構える姿は、信政よりも大人びて見えるほどだ。

久しぶりに顔を見た五味は、仙太郎を頼もしく思い、近づいて行く。

「どうした。来ぬか」

善衛門が言うと、仙太郎は真剣な顔でうなずいた。

「やあ！」

まだ声変わりしない気合をかけて打ち込む。

善衛門は片手で受け止め、押し返す。

もう一度打ち込もうとした仙太郎が、五味に気を取られた。

「隙あり！」

善衛門が仙太郎の木刀を払って打ち込み、額すれすれで止めた。

慌てた仙太郎が、しまったという顔をする。

「こりゃ仙太郎、気を逸《そ》らすでない」

「でも葉山様、あの人が変な顔をするのです」

仙太郎が指差すのを見て善衛門が顔を向けた時、五味は、鼻の穴に突っ込んで押し上げていた指を抜き、とぼけた顔をした。

善衛門が口をむにむにとやる。

「おい五味、稽古の邪魔をするなら帰れ」

「何をおっしゃいます。何があっても気を取られないようにするのも大事なこと。稽古の手伝いをしたのですぞ」

「たわけたことを申すな。何もせず見ておれ。さ、仙太郎、もう一度じゃ」

「はい」

仙太郎は木刀を構えたものの、五味が気になり、ちらちらと目を向ける。

善衛門は木刀を構え、打ち込む。

仙太郎は慌てて受け止めたが、押されて尻餅をついた。

善衛門はため息をつく。

「身が入っておらぬな。今日はこれまでじゃ。下がって休め」

「はい」

仙太郎は嬉しそうに応じて、善衛門に礼をすると、長屋に帰っていった。

見送った善衛門が、やれやれ、と言い、五味が座っている廊下に上がってきた。

「筋はよいのですか」

五味が訊くと、善衛門は渋い顔をして、横であぐらをかいた。

「その様子だと、まだまだのようですな」

顔を見て五味が言うと、善衛門は右腕の袖を上げて見せる。びし、と、打たれたらしい赤い筋が入っているのを見て、五味が痛そうな顔をした。

「さすがは佐吉殿の子。力はあるようですな」

「力だけではない。先が楽しみじゃ。して、なんぞ用か」

「信平殿のことが気になりまして」

すると善衛門は、さらに渋い顔をした。

五味は心配になった。

「お初殿といい、ご隠居といい、様子が変ですぞ。何かあったのですか」

「奥方様の耳にも入れておらぬことゆえ、誰にも言うなよ」

「はい」

「今朝、鈴蔵から文が届いた。鈴蔵は今、甲府へ急いでおる」

「甲府？　信平殿もですか」

善衛門はかぶりを振った。

「殿は陸奥へ向かわれた。今頃は会津を出て、どこぞの山の中を歩いておられよう」

「まさか、井田の本領に入られるのですか」

善衛門はうなずいた。

「わしがおればお止めした。殿は、これまで以上に危ないことに、関わろうとされておる。じっとしておれぬゆえ、仙太郎に稽古を付けていたのだ」

「公儀はこのことを知っているのですか」

「茂木殿がどうしておられるか知らぬが、鈴蔵から文が届いたばかりゆえ、まだ伝わっておらぬかもしれぬ」

「なんだか心配になってきました。江戸から動けないのが、なんとももどかしい」

北町奉行所与力としての役目がある五味は、勝手に江戸から出ることができない。

留守をまかされている善衛門とお初も、それは同じこと。

茶を持ってきたお初と顔を見合わせた五味は、

「聞きました」

そう言って、気持ちをひとつにし、北の空の下にいる信平と佐吉のことを心配した。

二

肥前が塩竈の海辺にある館に戻ったのは、備後が倒された日から五日後だった。戻ったその足で銭才に拝謁した肥前は、備後が家老の佐久間宅を襲い、家族を人質に取る暴挙に出たため、会津藩を敵に回してしまい、信平たちに逃げられたと報告した。

黙って聞いていた銭才は、報告を終えて頭を下げる肥前に、疑いの目を向ける。

「馬を馳せれば二日もかからぬ会津から、何ゆえ五日もかかった」

肥前は神妙に答える。

「信平と菱の動きを探っておりました。しかしながら、会津藩の邪魔が入り、途中で見失ってしまい、戻った次第です」

「信平は、菱を連れて会津を頼ったのか」

「いえ。会津藩は、わたしを捜しはじめたのです。備後が金で雇っていた者が捕らえられましたから、わたしのことをしゃべったものかと」

銭才は、眼光鋭い右目で見据えていたが、ふっと、目力が弱くなった。そして、下座に座している武将に顔を向ける。

「豊後、菱に逃げられたからには、一人でも多く兵を集めねばならぬ。山元藩を取り込め」

豊後は上座に座す銭才に膝を転じ、両手をついた。

「かしこまりました。手筈どおりにいたします」

銭才はうなずき、左側の下座にいる薄雪に言う。

「お前は、配下を集められるだけ集めておけ。これよりは、豊後の指揮下へ入ってもらう」

薄雪は真顔を銭才に向け、無言でうなずいた。

銭才は、帳成雄に眼差しを向ける。

先ほどから目を閉じている帳成雄は、口の中で他の者には聞き取りにくい呪文を唱え、眉間に皺を寄せて、苦悶《くもん》の顔をしている。

「まだ見えぬか」

銭才が急かしても動じることのない帳成雄は、今度は黙り、ゆっくり首を左右に動かしはじめた。そして程なく瞼《まぶた》を開け、上座に顔を向けて銭才を見た。

「菱は甲斐に向かわず、こちらに近づいている。老翁ではなく、小娘だ」

銭才が目を細める。

「そこまで見えたか。十六、七の侍女がいたはず。その者が菱に、間違いないか」

すると帳成雄は、気味の悪い笑みを浮かべてうなずいた。

銭才が問う。

「今、どのあたりにいる」

「何もなければ、十日以内に、塩竈に入る姿が見える」

「場所は分からぬのか」

「信平のせいで、霞んでおりまする」

銭才は苛立ちの声を吐いた。

「またしても、信平か」

「よいではありませんか」

口を挟む薄雪に、銭才は鋭い右目を向ける。

薄雪は両手をつき、ほくそ笑んだ。

「菱が小娘というのは意外でしたが、向こうから来るのは好都合。おそらく、それがしの命を取る気でしょう。ここは我らにおまかせください。必ず息の根を止めてやります」

「いいだろう。ただし、失敗は許さぬ。こころして当たれ」

「はは」

「菱が来るなら、信平も来るはずだ。共に討ち果たし、お前の力を示せ」

「根城で待ち受け、首を取ってご覧に入れます」

自信満々の薄雪を横目に、近江が銭才に言う。

「信平は、わたしに斬らせてください。駿河と伊豆、そして備後まで失ったのですから、わたしが仇を討ちます」

「ならぬ。わしはこれより京に戻る」

銭才の側近である近江は、従って京に戻らなければならない。

決して不服を顔に出さぬ近江であるが、京に戻る理由を訊いた。

すると銭才は、含んだ笑みを浮かべた。

「先ほど京から、支度が整ったと知らせが届いた。我らが皇軍となるための、支度がな」

これには、近江が驚いた。

「では、いよいよ……」

「うむ。お前には、他にやってもらわねばならぬことがある」

「承知しました」

頭を下げる近江から眼差しを転じた銭才は、豊後に命じる。

「この奥州で徳川に奪われた旧領におる小大名《しょうだいみょう》どもを残らず従わせ、挙兵の知らせを待て」

豊後は応じ、陰謀に酔いしれた様子で言う。

「はっきり従う意思を示しておらぬのは、山元藩のみ。これを従わせれば、少なくとも五万の兵を出せまする。銭才様の兵と呼応して動けば、向かうところ敵なし。徳川が慌てる姿が、目に浮かぶようです」

銭才はうなずいた。

「抜かりなく動き、楽しみに待っておれ」

「はは」

銭才は、黙って座している肥前を見た。

「肥前」

「はは」

「そちは信平のことを見届け、わしに知らせにまいれ」

「京にて吉報を待つ」

「承知しました」

銭才はそう言うと、帳成雄とお絹を従え、部屋から出ていった。

後に続いて出ようとした近江が立ち止まり、肥前に歩み寄る。

「京までは長旅だ。お絹のことが心配か」

意地の悪い笑みを浮かべる近江を、肥前は無言で見据えた。

「そう怖い顔をするな。おれが守ってやる」

近江は愉快そうな笑い声を残し、銭才の後を追って出た。

豊後が口を開こうとしたが、肥前は見もせず、

「何も言うな」

制して立ち上がり、部屋から出た。

薄雪が、廊下を歩く肥前を見送り、豊後に膝行する。

「肥前様は、お絹殿に惚《ほ》れていらっしゃるのですか」

豊後は穏やかな顔を薄雪に向け、首を横に振る。

「わしもようは知らぬ。だが、近江と肥前のあいだにわだかまりがあるのは確かだ」

薄雪は意外そうな顔をした。

「わだかまりの元は何です」

「前に一度だけ訊いたが、二人とも口を割らぬ。言っておくが、探らぬほうがよいぞ。近江はともかく、肥前は極端にきらう。お前とて、容赦なく斬るであろう」

「くわばらくわばら」

「しばし残れ。山元藩のことで話がある」

「承知」

薄雪は応じて、新築の屋敷を見回した。

「それにしても、銭才様のためにお建てになったというのに、今日から空き家ですか」

「心配するな。この館には、井田家のご隠居に入っていただく」

豊後の言葉に、薄雪は納得した。

「なるほど、ここならば城に近い。藩侯も、喜ばれましょう」

「そういうことだ」

二人は笑みをかわし、今後のことを打ち合わせた。そして周到な支度を整えた数日後に、行動を起こした。

三

「殿様、おかげさまで、今年は良い米がたくさん実りました」

畦《あぜ》の草刈りをしていた百姓の若者から声をかけられ、道を歩いていた宇多長門守忠興は、日に焼けた顔に笑みを浮かべて手を上げた。

供をしていた用人の島岡浩二郎《しまおかこうじろう》が、案内役の庄屋《しょうや》に耳打ちされてうなずき、忠興に身をかがめてささやく。

「殿、あの者は七造《しちぞう》だそうです」

忠興は足を止めた。

「七造、ご苦労。楽しみにしておるぞ」

そう声をかけると、七造は嬉しそうに頭を下げ、若き藩主を見送った。

忠興はこうして領地を回り、民を見れば必ず声をかけるようにしている。

民から慕われ、民のために良い政をしたいと願う気持ちが、そうさせているのだ。

歩みを進めた忠興は、庄屋に問う。

「小六《ころく》、この村で困っていることは何か」

するとと小六は、背中を丸め気味に答えた。

「日照りが続く年は、田んぼに入れる水が不足することでしょうか。今年は、雨がよう降ってくれましたから、ご覧のとおり良い米ができました。ですが一昨年は、水が足りず、立ち枯れてしまう田が多ございました」

「策を講じておらぬのか」

「それは……」

言いよどむ小六に、忠興は顔を向けた。

「苦しゅうない、申せ」

はい、と応じた小六は、緑が深い丘を示した。

「あの丘に溜池《ためいけ》があれば、水に困ることはなくなります」

「何ゆえ造らぬ」

「それが、その、村の力だけでは難しく、藩にお願いいたしましたが、色好《いろよ》いお返事がいただけず……」

忠興は、同道している郡奉行《こおりぶぎょう》を見た。

焦った郡奉行は、忠興に言う。

「おそれながら、小六の願いはもっともと思い動いたのですが、その……」

「家老が金を出さぬと言ったのだな」

勘がいい忠興が口に出すと、小六と郡奉行は揃ってうなずいた。

「分かった。城へ戻り次第、わたしが家老に話して、必ず溜池を造らせる」

忠興が約束すると、小六と郡奉行は手を取り合って喜んだ。長年の念願が叶《かな》うと言って、二人は涙ぐんでいる。

忠興は島岡に言う。

「民が幸せならば、国も富む。わたしは、そういう国作りをしたいと思う」

島岡が微笑んだ。

「ご立派な考えと存じます。わたしも、殿の手足となって働きまする」

忠興は満足そうな顔をして、歩みを進めた。

わずかな家来を連れて城を出ていた忠興は、こうして土地の者と共に領内を回り、民の暮らしを少しでも良くしようと励んでいた。

この噂《うわさ》はすぐに広まり、忠興が村に入れば民たちが寄ってきて、声をかける者が続出した。忠興はその者たちに誠意をもって応え、すぐにできることはその場で決断し、大きな普請にかかることは、城に持ち帰り検討することを約束した。

「こんな殿様は初めてだ」

「お若いのに、ご立派だ」

「うちの悪がきとは大違いだよう」

「来年は、もっと良くなるぞ」

村人たちの喜ぶ声を聞きながら、忠興は、藩主としての務めを果たすことをこころに誓っていた。

小六の村が終われば、残るは領内のはずれにある一村《いっそん》のみ。井田家の本領と接しているその村に行くのは控えるよう家老たちは進言したが、忠興は行くつもりでいた。

「殿、あの丘が村の境です」

郡奉行に教えられた忠興は、小六を帰らそうと思い顔を向ける。

「小六、案内ご苦労であった。溜池のことを村の者に伝えて、喜ばせてやれ」

「ははぁ」

小六が頭を下げ、帰ろうとした時、丘に目をやり、いぶかしそうな顔をした。

「誰か来ます」

言われて忠興が振り向くと、丘の道を二人の男が駆け下りていた。

島岡が言う。

「慌てているようですが、何かあったのでしょうか」

そうしているあいだに、二人の男は走ってきた。

身なりから、村の若者だろう。

郡奉行が走り出て、

「おい、殿の御前である。止まれ。控えよ」

両手を広げて止めようとしたところ、二人の村人は焦った様子で走り、大声をあげた。

「大変です。井田家の兵が村に押し寄せ、焼き払われました」

「何！」

郡奉行は目を見張った。

「馬鹿な、あり得ぬ」

「ほんとうです。お助けください」

「お助けください」

止める郡奉行にしがみついた村の男が、必死に訴えた。

郡奉行は忠興に振り向き、

「見てまいります！」

大声で言い、村の者たちに案内させようとした。

忠興は、止める島岡を振り払い、村人のところへ走った。

「わたしもまいる。案内いたせ」

村人は応じて、来た道を戻った。

忠興は、皆が止めるのも聞かず付いて行き、丘を登った。そして、先にてっぺんに到着した村の男たちが、前方を見て立ち止まり、指差す。

「殿様、ここからよく見えます」

一人が言うのにうなずいた忠興は、示された大木の切り株に上がった。

眼下に広がる村の景色を見て、目を見張る。

田畑のあいだに点在する家は、どの家も煙や炎が上がり、兵たちが道を走り、逃げる村人を捕らえる。

捕まった村人は、焼けていない家のほうへ連れて行かれた。

「おのれ」

悔しさを口に出した忠興は、村に行こうとしたが、島岡が前を塞いだ。

「我らのみではどうにもなりませぬ。ここは急ぎ城に戻り、兵を出しましょう」

冷静になった忠興は、分かった、と従い、村の男たちを連れて、城へ戻るため丘をくだった。

馬の嘶《いなな》きが背後で聞こえたのは、丘を下りて田んぼのあいだの道を急いでいた時だ。

見れば、騎馬武者が三騎、丘の上に止まってこちらを見ている。

「殿、急ぎましょう」

島岡が言い、歩を早めたものの、騎馬武者は砂塵《さじん》を上げて丘をくだりはじめた。

郡奉行が言う。

「このままでは追い付かれます。それがしが食い止めますから、今のうちにお逃げください」

身を犠牲にしようとする郡奉行に、忠興が叫ぶ。

「内山《うちやま》、それは許さぬ。共にまいれ」

「早く！」

聞かぬ内山を見て、忠興が言う。

「もう間に合わぬ。小六、家に案内いたせ」

これには島岡が驚いた。

「殿、何をお考えです」

「あの者たちが来れば話す。誰ぞ、城へ知らせに走れ」

「時間を稼ぐおつもりですか」

「問答をしている間はない。小六、案内を」

「近道がございます」

小六は山の小道に入った。

忠興が続くと、島岡は内山に、城へ走るよう命じ、他二名の馬廻《うままわ》り衆と村の男たちを連れて、山の小道に入った。

内山が城へ走るのを、木々の向こうに見て安堵した忠興は、杉の葉で埋め尽くされた薄暗い小道を歩き、程なく、開けた場所に出た。

眼下には、検分を終えたばかりの村がある。小六が暮らす庄屋の屋敷は、すぐ目の前だ。

柿畑の道をくだった忠興は、小六に案内されるまま裏木戸から敷地内に入った。

井戸端で水仕事をしていた小六の妻と下女たちが、いきなり現れた忠興に驚き、慌てて頭を下げる。

小六がことの次第を話して聞かせ、

「いいか知津《ちづ》、落ち着いて動け」

そう言うと、妻の知津は神妙にうなずき、下女たちを指図して行動をはじめた。

小六は、庄屋で働いている三人の男たちに門を閉めさせた。

戦国の世からこの地にある庄屋の屋敷は、敵が攻めてきた際には籠もれる作りとなっており、土塀も、門も堅牢《けんろう》だ。

だが、この地は元々、井田家が支配していた土地。

あるじが代われども、庄屋の家のことを熟知している井田の兵は、真っ先に制圧するべく押し寄せてきた。

藩主忠興がいることを知らぬ井田家の兵は、表門の前に押し寄せ、弓隊が一列に並んだ。

漆黒の鎧をまとった騎馬武者が、大音声で告げる。

「今すぐ門を開けなければ、容赦なく火をかける！」

騎馬武者が手を上げると、弓隊が火矢を番《つが》え、母屋を狙って引き絞った。

縁側で声を聞いていた忠興は、島岡に言う。

「わたしが話す。手荒な真似はするなと伝えよ」

島岡は焦った。

「何をされるか分かりませぬ。ここは耐えて、助けを待ちましょう」

外から敵将の声がした。

「三つ数える！」

その時、一筋の火矢が空に放たれ、母屋を越えて行った。

小六が言う。

「たとえ家を焼かれても、門は破れませぬからご安心を」

「ひとぉつ」

敵将の声を聞き、忠興が島岡に言う。

「家を焼かれては、小六が困る。先ほど、国境の村の惨状を見たばかりではないか。門を開けよ」

「ふたぁつ」

忠興は焦った。

「島岡、わたしの命が聞けぬのか」

島岡は応じて、馬廻り衆にうなずく。

応じた馬廻り衆が門へ走り、

「今開ける！」

声をかけて門を外し、門扉を引いた。

槍を持った足軽がなだれ込み、漆黒の鎧をまとった騎馬武者が、馬に乗ったまま入ってきた。

戻った馬廻り衆と島岡が忠興を守るのを見た騎馬武者が、馬を進めてきた。

「貴様らは藩の者か」

問われて、忠興が答える。

「わたしは、宇多長門守だ」

すると騎馬武者は目を見開き、すぐに笑みを浮かべた。

「これはこれは、藩主殿でござったか。いや、驚いた。このようなところで何をしておられる」

忠興にかわって島岡が言う。

「それはこちらが言うことだ。兵を率いて村を襲うとは、どういうつもりか」

すると、敵将は馬を降り、兵に守られて歩み寄ってきた。

「拙者は、井田家家老、熊澤豊後の家来、坂木《さかき》と申す。いや実に、この村は豊かだ。田の稲はたわわに実り、刈り取りを待つばかりでございますな」

島岡が怒気を浮かべた。

「答えになっておらぬ！」

すると坂木は、笑みを消して島岡を見据えた。

「隣村の惨状を見たか」

「見たから問うておる」

「ならば話が早い。言うことはただひとつだ。徳川に背を向けて井田家に味方しなければ、領内の稲を、すべて焼き払う」

島岡は絶句し、馬廻り衆の二人は刀に手をかけた。

「待て」

忠興は馬廻り衆を止め、坂木に言う。

「わたしの一存では決められませぬ。城に戻り、家老たちと話し合わせていただきたい」

忠興のことをまだ子供となめている坂木は、鼻先で笑った。

「後見役がうんと言わなければ、どうにもできぬか」

「はい」

「幼くして藩主になった苦労もあろう。あい分かった。ここで待つ。よう話をして、返事を持ってまいれ」

忠興は、怯えた表情で問う。

「従わなければ、戦になるのですか」

すると坂木は、忠興を睨んできた。

「年はいくつだ」

「十二です」

「たったの十二か。生きておれば、楽しいことはたくさんある。頼むから、我らに殺させないでくれ」

そう言って片笑む坂木は、配下の兵に馬を用意させた。そして忠興に言う。

「家来を連れて帰れ。時がないぞ。急げ」

忠興は、小六に歩み寄った。

「必ず戻る。それまでの辛抱だ。連れてまいった村の者たちのことも頼む」

「承知しました。くれぐれも、お気をつけください」

この状況で人のことを心配する小六に、忠興は、必ず助けると言い、家来を連れて家から出た。

道を空ける井田家の兵たち。

忠興は、島岡が手綱を引く馬に乗り、庄屋の屋敷を囲む兵の多さに焦りを覚えつつ、城へ急いだ。

四

信平は、福島城下の旅籠《はたご》で足止めされていた。

塩竈を目指す菱に同道して旅をしていたのだが、途中で体調が悪くなり、なんとか福島まで来て休んでいたのだ。

菱が作った薬で良くなっていたはずが、黒い毒は抜け切れていなかったようだ。

昨夜、下血と嘔吐《おうと》を繰り返した信平は、菱の薬で今は落ち着いているものの、高い熱が下がらない。

一睡もせずに看病をしている佐吉は、信平が苦しむ姿を見てすっかり弱気になり、菱と茂木に、殿は力になれぬかもしれぬと言った。

茂木は神妙な顔をして、佐吉に言う。

「信平殿に万が一のことがあれば、公儀にとっては一大事だ。ここは無理をせず休んでいただき、起きられるようになれば江戸に帰っていただこう。菱殿、それでよいか」

茂木に振られた菱は、信平のそばから離れず、佐吉と看病を続けていた。それだけに、巽は唱えない。黙ってうなずき、信平の額に置いていた布を取り、手を当てた。

その手を信平がつかんだので、菱は驚いて手を引いた。

信平は、薄く瞼を開き、菱を見た。

「一人で、薄雪のところに行ってはならぬ」

「殿、目がさめましたか」

佐吉を見た信平は、微笑む。

「心配をかけてすまぬ」

力のない声に、佐吉は眉尻を下げ、大きな背中を丸めた。

「何をおっしゃいます。今は、お身体《からだ》を治すことだけをお考えください。菱殿は、それがしがどこにも行かせませぬ」

菱は佐吉をちらと見て、黙って信平を見つめた。ふたたび信平の額に手を当てて、熱を確かめる。水を入れている盥に膝を転じ、布を浸して絞った。

その布を信平の額に置き、優しく押さえながら言う。

「薬は効いている。熱が下がればもう大丈夫だ。だが、臓腑《ぞうふ》が弱っているから無理はできぬ。ここでゆっくり寝ていろ。佐吉、江戸の屋敷に知らせて、迎えを呼べ」

呼び捨てにされることをなんとも思わなくなっている佐吉は、菱を見てうなずいた。

「迎えはよい」

信平はそう言ったが、佐吉は首を縦に振らない。

「そうおっしゃると思うていました。ですが、今のままでは人が足りませぬ。福島の御城代に早馬を出していただきます。お初殿だけでも、来てもらいましょう」

その案には、茂木が難色を示した。

「福島城の城代に知られてはならぬ」

佐吉は不服そうな顔を向ける。

「なぜです」

すると茂木は立ち上がり、障子の外を見て人がいないのを確かめた。戻って正座すると、声音を下げて告げる。

「福島二十万石が天領になる前は、上杉《うえすぎ》家の領地だったことは知っているか」

疎《うと》い佐吉は、首を横に振った。

茂木は続ける。

「上杉家先代の綱勝《つなかつ》侯は、お世継ぎがないまま身罷られ、御家断絶の危機となった。そこで、綱勝侯の御舅《おしゅうと》であらせられた保科正之侯が尽力され、高家《こうけ》の吉良《きら》家から養子を迎えられ、御家が存続された。その際公儀は、養子を認めるかわりに、この福島の二十万石を、上杉家から没収されたのだ」

佐吉は驚いた。

「まさか、上杉家がそれを恨みに思い、今の城代と結託して、井田家に与しようとたくらんでいるのですか」

茂木は苦笑いをした。

「それはそれで、恐ろしいことだ。だがそうではない。上杉家は正之侯に恩がある。謙信《けんしん》公以来、義を重んじる御家柄の上杉家が、徳川の安泰を願う正之侯に背いて、敵に寝返るとは思えぬ。問題は井田家だ。福島は、井田の領地と接している。しかも天領だ」

「では、福島城代のみが怪しいとおっしゃるか」

茂木はうなずいた。

「大目付の前山殿は、この福島に隠密を送られていたと聞いている。確たる証をつかむ前に殺されてしまったため、真相は藪《やぶ》の中だ」

菱が茂木に鋭い目を向ける。

「ここにいては危ないではないか」

茂木は菱を見て答えた。

「信平殿は狩衣を着ておられぬし、旅籠の者には、弘前《ひろさき》に向かう途中だと言ってある。役人の耳に入っても、疑われやしないだろう」

「だろう……、か」

不確かなことに、菱は落胆した。

茂木が言う。

「不安に思うなら、出るか」

菱は信平を見て、かぶりを振った。

「今動かすのは、命取りになりかねない」

菱は、佐吉に顔を向けた。

「どうやって江戸に知らせる」

佐吉は考える顔をして、菱に言う。

「人を雇っても、赤坂の屋敷を告げるのは危ない。他に頼れるのは、北町奉行所の与力か、殿が以前通っておられた剣術道場だが……」

「だが、なんだ」

「殿の今を知れば、大騒ぎをする年寄りがいる。奥方様のご実家を頼られ、大勢の人を迎えによこすかもしれぬ」

　黙ってうなずく菱。

　驚いたのは茂木だ。

「まさか、葉山殿は紀州《きしゅう》藩を頼るというのか」

　佐吉はうなずいた。

「ご老体なら、そうするでしょう」

「それはまずい。紀州藩の者がこの地に来れば、井田を刺激し、戦になりかねぬ」

「佐吉」

　話を聞いていた信平が声をかけると、佐吉は身を寄せた。

「誰も呼ばずともよい。麿は大丈夫じゃ。菱殿のおかげで、ずいぶん楽になってきた」

　起きようとする信平を、菱が止めた。

「熱が下がるまで動いてはならぬ」

　信平は従い、佐吉に言う。

「麿のことは伏せて五味に文を送り、お初を甲府へ行かせてくれ。これから菱殿が向かう先を鈴蔵に知らせ、佐奈樹殿が銭才に取り込まれていなければ、伝えるよう頼む」

　菱は信平を見た。

「いらぬ世話だ。佐奈樹が動けば大勢の血が流れる。わたしは一人で、薄雪を倒しに行く」

「この先、麿はどうなるか分からぬゆえ、念のためだ」

「頼る気もない。今は自分のことだけを考えろ」

「しかし……」

「もうしゃべるな」

　菱は立ち上がり、部屋から出ていった。

　茂木がため息をつく。

「とんだ跳ねっ返り娘だが、見上げた覚悟の持ち主。確かに、蜘蛛の一党同士がぶつかれば、多くの血が流れましょう。あの様子では、一騎打ちで片を付ける気ですぞ」

　信平は茂木を見た。

「そうなれば勝機はあろうが、山で襲われたことを思えば、相手は、菱殿の命を取るための手段を選ばぬ。死なせるわけにはいかぬゆえ、ここまで同道してまいったが、今のままでは、守る自信が持てぬ」

茂木は神妙な顔でうなずいた。

「では信平殿、行き先を変えて、共に山元城にまいりませぬか。拙者が役目を果たせば塩竈へ同道できます。今は、一人でも多いほうがよろしいでしょう」

信平はうなずいた。

「磨も、そのことを考えていた。山元城で、鈴蔵とお初を待つのもよい。佐奈樹殿が来てくれれば、なおのことよいが」

「おっしゃるとおり。佐吉殿、菱殿を呼び戻してくれ。拙者が説得する」

「承知」

茂木に応じた佐吉は、菱を捜しに立った。

二階建ての立派な旅籠は、今夜の泊まり客が入る前ということもあり、静かだ。中庭を見下ろせる廊下の欄干《らんかん》に腰掛けて、庭を見つめる菱が、部屋から出た佐吉に顔を向けずに言う。

「話は聞いた。信平殿は、いつもああなのか」

佐吉は、そこにいたのか、と言い、菱の隣に立った。

「殿は己のことより人のことを案じられ、時には身の危険を厭《いと》わず動かれる」

「役目に関わりなくか」

「そうだ」

「家来は大変だな」

佐吉は豪快に笑った。

「そのように思うたことは一度もない」

菱は佐吉を見た。

「惚れているのか」

「おう。惚れているとも。わしはずいぶん荒れていた時があり、大勢の侍に勝負を挑んでは、刀を奪っておった。己の剣の腕を過信し、強い者に仕えたいと思うてな。そんな時に、殿と出会《でお》うた。殿は、武家の者が襲われることに胸を痛められ、わしを倒しに来られたのだ」

「負けて、惚れたのか」

「殿の剣技は美しく、強い。だが、それだけでは惚れぬ。お人柄に魅せられて、命を賭けてお仕えしたいと思うたのだ」

菱は目を伏せた。

「そういう者に出会えたお前は、幸せだな。わたしは、配下を束ねるどころか、争いの種になっている。信平殿を見て分かったのだが、わたしはこれまで、人のために己の身を犠牲にしたことはない。守られてあたりまえだと、思っていた」

外を向いた菱は、空を見上げた。

その悲しげな横顔を見た佐吉は、哀れみを浮かべる。

「佐奈矢殿のことは、残念だった。だが、仕える側の身としては、あるじを守って死ぬのは本望だ。悲しまれては辛い。佐奈矢殿も、同じだと思うぞ」

菱は赤くした目を佐吉に向け、唇を噛《か》んだ。

「手紙になんと書く」

「先ほど殿がおっしゃったとおりのことだ。山元城で待つとも書く。いいな」

「仲間を危ない目に遭わせて、すまぬ」

菱は頭を下げ、信平の具合を見ると言って部屋に戻った。

佐吉は笑みを浮かべて一階へ下り、旅籠のあるじを帳場に見つけて声をかけた。

「あるじ、頼まれてもらいたい」

帳面を付けていたあるじが、狸顔《たぬき》を上げた。

「どういったご用件でしょう」

「急ぎ江戸の友に文を送りたいのだが、迅速に届けてくれる者を知っておれば呼んでくれぬか」

「ああ、それでしたらお安い御用です。おぉい、翔太《しょうた》、翔太」

あるじの声を聞いて、若くて細身の男が三和土を走ってきた。

「旦那様、お呼びで」

「うむ、呼んだとも。お前、このあいだ江戸まで何日で駆けた」

「あの時はゆっくりでしたから、日本橋まで七日かかりました」

「急ぎの時は何日かかった」

「五日です」

あるじは満足そうにうなずき、佐吉を見た。

「だそうですが、いかがです」

「代金ははずむ。もっと早く行けぬか」

あるじは心配そうな顔をした。

「お連れの方の具合が、お悪いのですか」

佐吉は嘘をついた。

「明日がどうなるか分からぬから、親族に伝えておこうと思うのだ」

「でしたら、宿場で駕籠を継がせる手がございます。あれを使いますと代金は三倍になりますが、二日もあれば届きます。翔太、そうだな」

「はい。行けます」

佐吉はそれで頼んだ。

代金の二両が相場より高いか安いか佐吉には分からないが、待たせておき、手紙を書いた。そして、小判を二枚渡し、封印した手紙を託した。

「北町奉行所に、五味正三という与力がいる。その者に必ず渡してくれ」

あるじと翔太は快諾し、すぐに動いてくれた。

二階の部屋に戻った佐吉から、文が二日で到着することを聞いた菱は、目をつむっている信平に言う。

「ゆっくり行くことにする。一人では行かぬから、安心してくれ」

信平は瞼を薄く開け、唇に笑みを浮かべてうなずいた。

五

その頃、忠興は、一大事をどう乗り越えるか合議を重ねる重役たちの前で、飾り物のように座していた。

意見を述べようとしても、筆頭家老柿田《かきた》善吾《ぜんご》が、

「殿は、ご心配なく」

と言えば、次席家老の守口兵衛《もりぐちひょうえ》が続き、

「さよう。我らに万事おまかせあれ」

などと言い、子供扱いをする。

聞くだけしかない忠興の耳に入るのは、己の考えを並べる重役たちの言葉。

その中で取り上げられたのは、兵を村に送り、井田の兵を追い出す案と、公儀に急使を出し、救済を願うことだ。

井田に屈しようという意見は、ひとつも上がらなかった。

忠興は、それだけは安堵しつつ聞いていたが、村を一刻も早く救いたい気持ちに添う兵を出す案は、柿田、守口の両家老によって阻止され、江戸に急使を出すことで決まった。

そこで、島岡が己の案を述べた。

「我が藩の領地は、福島に向かう道筋以外は、井田家の領地に囲まれています。その福島への道筋は、井田の兵が目を光らせているはず。ただ馬を走らせたのでは、阻止されるでしょう。そこで、二騎一組を三組出し、別々の道を行かせましょう」

知恵袋の守口が、渋い顔で問う。

「一騎だけでも抜けられれば江戸に届く。そういう考えか」

「はい」

「それだけでは心配だ。徒歩組も出し、山越えをさせたほうがよかろう」

島岡はうなずいた。

「では、騎馬の役目、それがしにおまかせください。敵の目を引き付けまする」

これには忠興が焦った。

「島岡、わたしのそばにいてくれ」

不安になるのは無理もなかった。初めて城に入っている忠興にとって、この場にいる者の中で気兼ねなく頼れるのは、島岡しかいないからだ。

忠興をこのような気持ちにさせているのは、自分に向ける柿田と守口の目つきが、藩を裏切り、銭才になびいていた江戸家老の木元《きもと》と似ていたからだ。

子供扱いし、話を聞こうとせず、己の思うままに藩政を動かそうとするところも、よく似ている。

一人になるのが心細くなった忠興は、島岡を江戸に行かせたくなかった。

そんな忠興に笑みを浮かべた柿田が、困り顔をしている島岡に言う。

「殿が不安にお思いだ。島岡、そなたは残れ。江戸への道を知る者は他にもおる。急ぎ十名を選出し、夜を待って出そう。方々、それでよろしいか」

居並ぶ重役たちが賛同し、忠興の承諾を求めぬままことは決まった。

子供扱いされることを悲しく思う忠興であるが、不服を言わず、村にいる小六や、民の身を案じた。そして、そばにいる島岡に言う。

「坂木への返答はいかがする。長くは待たぬぞ」

島岡が答える前に、柿田が割って入った。

「江戸城までは、徒歩の者は五日か六日、馬組は、二日、三日は要します。御公儀が迅速に動いてくださったとしても、援軍が来るまでには、半月、いや、もっとかかるかもしれませぬ」

忠興は不安になった。

「そこまで、どうやって返答を引き延ばすのじゃ」

柿田は厳しい顔で答える。

「できるだけ引き延ばして時を稼ぎます。公儀の耳に入りさえすれば、何らかの動きがあるはず。我らとて、ただ黙っておるわけにはいきませぬから、密かに城へ兵を集め、備えを万全にしておきます」

「村の者はどうなる」

心配する忠興に、柿田はため息を吐いた。

「助けたいのは我らも同じです。ですが、今は辛抱の時。御家の存続が第一です」

「見捨てるのか」

「御家のためには、多少の犠牲は仕方ござらぬ」

柿田は強い口調で言い、次席家老に顔を向けた。

「守口殿、早急に兵を集めよ」

「はは」

守口はただちに行動するべく、数人を従えて部屋から出ていった。

忠興が家来たちの身を案じる中、江戸に向かう十名が選ばれ、どの道を使うか協議された。

まず、水戸《みと》を通る海沿いの街道は、井田家の軍勢が展開する岩城山城下を抜けるのが困難とみなされ、絵図の道筋に×が入れられた。

次に挙がったのが、六騎が二手に道を変えて福島を目指し、奥州街道を一気に駆けるという案だ。

こちらのほうが、江戸に行ける公算が高いということになり、騎馬組の道は決まった。

だが、より確実にするために、囮《おとり》として岩城山城下を通る道を走らせることとなり、新たに二人が選ばれた。

決死のため指名ではなく、四人の忠臣を集めて志願を求めたところ、若き家来二人が申し出た。

騎馬組が決まった次は、徒歩組だ。

こちらは足が早く、かつ剣の腕が立つ者四人が選ばれ、福島から奥州街道を使うことを申しつけた。

夜を待ち、まずは徒歩組が城を出た。

城下に井田家の兵は入っておらず、何ごともなく町を出た四人は、道を通らず田畑の中を歩いて村から村へ移動し、用心深く福島を目指した。

遅れること数刻、東の空が白みはじめた頃に、騎馬組が城を出た。

囮の二人は、家族にも別れを告げず馬を走らせ、海沿いの道をゆく。

これを見ていた井田家の密偵は、追おうとした仲間を止めた。

「どうせ岩城山城下を抜けることはできぬ。分かっているくせに行くのは囮だ。浅き考えよ」

などと蔑み、遅れて出てきた六騎を本命と見て、空に向かって火矢を放った。

背後の火矢に気付かない六騎は、途中で二手に分かれて福島を目指した。

三騎は、道沿いに建つ木小屋の前を走り抜けた。木小屋の側面に隠れて道を見張っていた井田家の兵たちが馬に飛び乗り、追いはじめる。

気付いた宇多家の者が、馬の速度を落として前の二人を先に行かせ、馬の向きを転じて槍を構え、向かって行く。

相手は五騎。

前を行く漆黒の鎧武者二人が、手綱を離して鉄砲を構えた。

井田家自慢の鉄砲騎馬が、槍を構えて突進する宇多家の家来に発砲した。

胸を打たれた家来は馬から飛ばされ、背中から道に落ちて転がり、仰向けで止まった。

絶命する家来を飛び越えた騎馬が、逃げる二騎を追い、前後入れ替わって鉄砲を放った。

背中を撃たれた一人が、

「行け！」

叫んで離れ、抜刀して井田家の兵に向かう。

だが、敵と斬り結ぶ前に命尽き果て、落馬した。

残る一人は、目の前の山に逃げ込もうと懸命に鞭打ったが、井田の騎馬武者に追い付かれ、背中を槍で突かれて落馬した。

別の道を馳せる三騎もまた、井田の鉄砲騎馬に追われ、二人が倒された。

残る一人は、足が自慢の愛馬を駆り、鉄砲騎馬隊を離しにかかっていた。

遠く離れたところで敵はあきらめ、馬を止めた。

振り向いて見ていた家来は、愛馬のおかげと喜び、前を向いたその刹那、道に張られていた縄に胸を取られ、背中から落ちた。

痛みに顔をゆがめて起きようとした目の前に、槍の穂先を突きつけられた。見ると、雑兵が動くなと言い、穂先を胸に当ててきた。

抵抗する間もなく、刀を奪われたところで敵将が現れ、縄を打てと命じた。

縄をかけられた家来は、囲む敵兵の背後にある小川のほとりに、見知った者の骸を見つけた。徒歩組もここで見つかり、倒されていたのだ。

家来は、敵将を睨んだ。

「なぜ殺さぬ！」

すると敵将は歩み寄り、無言のまま、槍の石突きで家来の腹を打った。

呻いた家来は気を失い、敵の手に落ちてしまった。

山元城に坂木の家来が来たのは、昼前のことだ。

江戸に向かう家来のことを案じていた忠興は、島岡から知らされ、表御殿の書院の間に急いだ。

柿田、守口の両家老はすでに待っており、何ごとかと問う忠興に渋い顔をして、分からないと言う。

程なく通された坂木の家来は、意地の悪そうな顔で、上座にいる忠興を見てきた。

小六の家で見た、坂木の側近だと分かった忠興は、緊張した。

漆黒の鎧を着け、ずかずかと忠興の前に歩み寄ってあぐらをかいた坂木の側近は、小馬鹿にしたような笑みを浮かべて、両手をついた。

「拙者、篠崎《しのさき》と申す。あるじが返答を待っておる。今すぐお聞かせ願おう」

忠興は、藩主として物言おうとしたが、柿田が許さなかった。

忠興を制し、篠崎に膝を転じた柿田が、齢四十の表情を和らげ、気をつかった声音で言う。

「井田家とは、領地が隣接する縁で、これまで良いお付き合いをさせていただいた。

できますなら良いお返事をしたいのですが、ことがことだけに、昨日言われて今日断を下すのは、無理というもの。お味方するにしても、家中《かちゅう》が一丸とならなければ、満足いただける働きができませぬ。それゆえ、領内に散らばっている家来どもを城へ集めて合議をするべく、使者を出したところです。今しばらく……」

「それはしまったことをした」

言葉を被《かぶ》せた篠崎が、柿田を一瞥し、作ったような驚き顔を忠興に向けた。

「今朝早く、怪しい輩《やから》が馳せておったゆえ、ことごとく仕留めたと聞いておる。あれは、今言われた使者でござったか」

忠興は絶句した。

柿田が焦り顔で問う。

「それは、何名ですか」

「何名出された」

逆に問われて、柿田は目を泳がせた。

篠崎が責める。

「何名出されたかと、問うておる」

答えあぐねる柿田。

「十二名です」

皆を案じる忠興が答えると、篠崎は鋭い目を向けてきた。そして、また作ったような表情を浮かべ、両手をついた。

「それは申しわけないことをした。せっかく出された使者の足を、ことごとく止めてしまったようだ」

忠興は目を見張った。

「皆、殺したのですか」

篠崎は、含んだ笑みを浮かべた。

「一人ほど、生きておる。庄屋の小六と共におるが、家来に伝達をしに走っていたとは、一言も言わぬ。正直に言えば、捕らえはしなかったものを」

「すぐに、返していただきたい」

懇願する忠興から目を背けた篠崎は、柿田を見て笑った。

「お前たちが江戸に助けを求めようとしたのは明白だ。本来なら、小六の村を焼き払っているところだが、我があるじはこころ優しいお方ゆえ、今回は許すそうだ。だが、あまり待たせると機嫌をそこねられるぞ」

柿田は両手をついた。

「分かりました。早急に人を集めて合議をします。必ずや良いお返事をしますから、しばしお待ちください」

「忠興殿は、家老に相談すると言うから城へ帰らせたのだ。お前たち二人が首を縦に振れば、それでことが決まるのではないのか」

柿田は、忠興を手で示した。

「ご覧のとおり、我があるじはまだ子供。そのせいで、家中はまとまりが悪く、領地を有する者の中には、家老の言うことを聞かぬ者がおります。その者たちを説得しますから、しばしのご猶予《ゆうよ》をたまわりたく」

「その者の名と、村の名を教えろ。我らが直に話をする」

柿田は焦った。

「必ずや従わせますから、ご猶予を」

平身低頭して懇願する柿田に、守口も続いて頭を下げた。

篠崎は、忌々しそうな顔をして立ち上がり、忠興を睨んだ。

「子供が藩主というのは、面倒なことよ」

そう吐き捨てて去る篠崎に、島岡は耐えかねたように立とうとした。

「待て」

忠興が止めると、膝を立てていた島岡は、唇を嚙んで座りなおした。

「怒ったところで良いことはない。それよりいかがする。江戸へ知らせることは叶わなくなった」

島岡は、落ち着きを取り戻して言う。

「それがしを行かせてください。必ず江戸に知らせます」

これには柿田が異を唱えた。

「お前には、殿に代わって敵と交渉してもらわねばならぬ。次は馬を出さず、十名を別々の道で行かせよう。敵に見つからぬ小さな道を使えば、必ず抜けられるはずだ」

忠興が言う。

「次に見つかれば、村の者たちはただではすまぬぞ」

「今は、多少の犠牲は仕方ありませぬ。御家が第一。公儀の討伐隊が来てくれるまでのあいだのみ、敵の脅しに屈したふりをしていることを伝えさせれば、我らが井田家に従って取る行動に、お咎めはないものかと存じます」

守口が驚いた。

「では井田家に、味方すると伝えるのですか」

柿田は、渋い顔でうなずく。

「そうでもせぬと、民を守れぬ。十人の選出を急げ。次は野良着を着させ、百姓に化けて行かせるのじゃ」

「ただちに出します」

守口は忠興に頭を下げ、部屋から去った。

十人の使者が城下を発ったのは、一刻（約二時間）後だ。

柿田の策に従い、百姓になりすました者たちは村々を抜け、主だった道を見張る井田の兵たちを遠目に見つつ、山へと分け入った。

見届けていた者からの報告を受けた忠興は、井田家に与する合議をはじめた家老たちの声に耳をかたむけ、先のことを案じずにはいられなかった。

六

江戸を発つ前から忠興のことを案じていた信平は、山元城まで歩いて一日の福島で足止めされていることに、もどかしさを感じていた。

菱は、あと二日は休めと言うが、起きて座っている身体は軽い。

「この調子ならば、明日の朝には発てる」

渡された薬を飲んだ信平はそう言い、佐吉が手当てをしてくれている腕の傷を見た。

かさぶたができ、少し痒《かゆ》みがあるものの、痛みはまったくない。

菱は佐吉をどかせ、腕の傷を確かめた。そして、信平を見上げる。

「腹は痛くないのか」

「大丈夫じゃ」

「横になってみろ」

疑う菱は、横になる信平の腹に手を置き、力を込めた。

「どうだ」

「まったく痛みはない」

信平がそう言うと、菱は疑う目を向ける。

「昨日まで意識が混濁していたのだ。一日でここまで良くなるとは思えぬ」

「嘘ではない」

すると佐吉が、心配そうな顔でのぞき込んできた。

「今はよくても、この地に来る前になったように、急に具合が悪くなるかもしれませぬ。ご無理はなさらないほうがよろしいですぞ」

「佐吉の言うとおりだ。明後日《あさって》まではじっとしていろ」

「そなたの薬はよう効く。もう大丈夫だ」

起きて座った信平は、茂木に顔を向けた。

「茂木殿、日を取らせてしまった。明るいうちに山元城に着くには、ここをいつ発てばよいか」

「夜明けと同時に出ればよろしいかと。まことに、大丈夫なのですか」

信平はうなずき、明日の朝、具合が良ければ、発つことを決めた。

その日は早めに休み、翌朝目をさました時、案じられた腹痛も、熱も出なかった。

信平の具合が良くなったと知った旅籠のあるじは、心配していた佐吉に、ようございましたね、と、まるで自分のことのように喜んだ。そして、思い出したように言う。

「江戸に翔太をやりましたが、ご快復されたことを伝えますか」

宿泊の代金を払おうとしていた佐吉は、どう答えるか考え、こう答えた。

「次の宿場まで、様子をみてみようと思う。具合がお変わりなければ、そこから江戸に知らせを出そう」

あるじは満面の笑みで応じて、代金を受け取った。

佐吉が繕《つくろ》ってくれた狩衣は身に着けず、黒い小袖と指貫だけで旅籠を後にした信平は、旅の者になりすまして福島城下を離れ、山元城へと急いだ。

茂木の案内で村の道を進み、大波城跡《おおなみじょうあと》がある小さな町を過ぎ、昼前には、山元藩領へ入った。

小川が流れる音を聞きながら山道を歩いていた時、前を歩いていた茂木が急に立ち止まった。

「いかがした」

問う信平に、茂木が険しい顔で振り向く。

「前から吹いてきた風に、血の臭いが混じっていた気がしたのです」

佐吉は大太刀の柄に手をかけた。

「人の血でしょうか」

「分からぬが、用心したほうがよい」

茂木はそう言って、歩みを進めた。

その骸を見つけたのは、程なくのことだ。

道の下を流れる小川のほとりに、野良着姿の者が仰向けに倒れ、生気を失った目を空に向けていた。

斜面を下りた茂木が骸を調べて戻り、険しい顔で言う。

「身なりは百姓ですが、おそらく密偵か、密使ではないかと。背中に一太刀浴びせられ、喉にとどめを刺されていました」

信平は、道の先を見た。

「山元藩で、何か起きたのだろうか」

「山元藩領はこの道筋のみ。山の頂上を境に、井田家の領地となります。見張りがどこかに潜んでいるかもしれませぬ」

茂木は左右の山を見上げながら言い、信平を見た。

「井田家が本性を現し、山元藩に何かしたのかもしれませぬ。遠回りになりますが、道を変えますか」

「いや。このまま進もう」

忠興が心配な信平は、先を急いだ。

山間《やまあい》の道は登りになり、峠の頂上に着くと、眼下に田畑が広がり、遠くには真っ青な海が見えた。

稲刈りの時期を迎えた田んぼは黄金色《こがねいろ》に染まり、豊かな土地であることがうかがえる。

まぶしそうに目を細めて見ていた茂木が、信平に言う。

「山元藩は七万石ですが、塩田《えんでん》や海産物が豊富で、実際の実入りは、十万石を優に超えると言われています。この地も、元は井田家の領地でしたから、幕府に弓を引くつもりならば、取り戻さずにはいないはずです」

信平は景色を眺めた。

「ここから見る限りでは、平穏に思えるが」

佐吉が声をあげた。

「殿、あれに騎馬らしき一団が見えます」

指差す先には、砂塵を上げて馳せる馬が見えた。漆黒の鎧武者が三騎、村の道をひた走り、城下のほうへ急いでいる。

信平は、茂木に言う。

「麓に行き、村の様子を見よう。村の者に訊けば、何か分かるはずだ」

「承知」

茂木は先に立った。

信平は菱を守って続き、佐吉はしきりに背後を気にしながら、険しい峠道をくだった。

七

自分の領地に戻っている山元藩の重臣たちには、忠興の名をもって登城が命じられ、集まるのを待つばかりだった。

本丸御殿の評定の場にいる忠興は、家老の二人が今後のことを話しているのを黙って聞いている。

「とにかく今は、耐えるしかない」

筆頭家老の柿田が言えば、次席家老の守口は相槌《あいづち》を打ち、一日が長いと言っている。

そこへ、島岡が血相を変えて駆け込んだ。

「大手門前に、坂木が手勢を率いてまいりました。密使に出した家来が二人縄を打たれ、まるで罪人扱いです」

忠興は驚いた。

「一人多い。まさか、後で行かせた者か」

島岡はうなずき、戸惑った顔をした。

こころの移ろいを見逃さない忠興が問う。

「いかがしたのじゃ」

「坂木が、殿御自《おんみずか》ら、二人を受け取りに出ていただきたいと申しています」

忠興が立ち上がると、島岡が止めた。

「お待ちください。敵は二度目の使者を捕らえております。返すというのは口実で、殿を城外へ引き出す腹かと。危のうございます」

守口が怒気を浮かべた。

「ならばどうして、殿のお耳に入れるのじゃ」

島岡は守口を見て、忠興に頭を下げた。

「わたしに名代《みょうだい》をお命じください。交渉の全権をお託しいただければ、申し出に応じて味方することを伝えます」

柿田が力強くうなずいた。

「それが良かろう。すぐに行け」

島岡は忠興の言葉を待った。

柿田が忠興を促す。

「殿、ゆけと言うてやってくだされ」

忠興は戸惑い、考えたが、島岡に懇願され、渋々うなずいた。

頭を下げた島岡は、急ぎ大手門に向かい、脇門から外へ出た。

門前に座らされていた家来たちは、忠興がいないことに安堵した笑みを浮かべ、すぐに、申しわけない、という面持ちで島岡を見てきた。

鎧を着けて馬に乗る坂木は、不服そうな顔で島岡を睨んだ。

「わしは藩主に、迎えに来いと申したのだ。貴様に用はない」

島岡は怯まず歩みでる。

「わたしが名代を仰せつかりました。二人をお返しいただければ、我らは井田家にお味方いたしまする」

坂木は笑みを浮かべ、篠崎に顎で指図する。

応じた篠崎は抜刀するやいなや、家来二人の首をはねた。

島岡は絶叫し、坂木を見た。

「な、何をする。味方すると言うたではないか」

坂木は笑みを消して言う。

「言ったはずだ。次はないと。だがお前らは、ふたたび密使を出した。次は何人出したのだ」

島岡は、どう答えるか戸惑った。

坂木が責める。

「答えい！」

「十人だ」

島岡の答えに、坂木は片笑む。

「教えてやろう。城下から出る者は、すべて見張っているのだ。命を無駄にしたものよの。お前たちとの交渉はこれまでじゃ。信用できぬからな」

「お待ちを。今申したことは嘘ではござらぬ。井田家にお味方する」

「だめだ。おれはな、嘘をつかれるのがもっとも腹が立つ。お前が忠興の名代と言うなら、我らに背けばどうなるか見せてやる。この者を捕らえよ」

応じた二人の兵が、島岡に槍を向けた。

刀を抜こうとした島岡であったが、ここで抜けば城を攻められると思い直し、抵抗をやめた。

刀を奪われ、縄をかけられた島岡は、罪人のような扱いで背中を押され、歩かされた。

坂木が、門を守る藩士に大音声で告げる。

「忠興に渡す書状がある。取りにまいれ」

藩士たちは顔を見合わせ、一人が走ってきた。

坂木の家来が歩み出て、漆器の箱を渡した。

受け取った藩士に、坂木が言う。

「我らの条件を記してある。返事は明日の朝までに、庄屋小六の家によこせと伝えよ」

「はは」

「お前から口頭で伝えよ。それに記したことに従わなければ、名代を殺す」

藩士はうなずき、きびすを返して本丸へ向かった。

大手門から入るのを見届けた坂木は、家来の骸を残したまま、手勢を連れて引き上げた。

騒然とする城下町の中を悠然と進んだ。

囚われの身となった島岡は、町人たちの不安そうな顔を見て、こうなってしまったことを悔やんだ。

井田家を警戒しておくべきだったのだ。

城下を出て、田畑のあいだの道を歩かされた島岡は、稲刈りの時期を迎え、からりと晴れた良い天気だというのに、村人が一人も田んぼに出ていないことに気付いた。

心配になり、前を進む坂木に問う。

「坂木殿、村の者はどうした」

すると坂木が振り向き、見くだした笑みを浮かべる。

「心配するな。百姓に手出しはしておらぬ」

「どうなるか見せると言ったが、稲を焼くのか」

「ふん」

「頼む。それだけはやめてくれ。民が飢え死にするのは、避けたい」

「幼い藩主が悲しむからか」

「殿は民を大切にされるお方だ。わたしをどうとでもしてくれ。そのかわり、稲だけは焼かないでくれ。このとおりだ」

歩みを止めて頭を下げる島岡に、坂木は憎々しい笑みを浮かべる。

「村には手を出さぬ。だが小六の村はだめだ。見せしめに焼き払う」

「お願いします！」

島岡は懇願したが聞き入れられず、無理矢理歩かされた。

小六の村に入り、百姓の家の前を通る島岡の目に止まったのは、略奪され、荒れ果てた家の様子だった。

家の者たちの姿はない。

「貴様、殺したのか！」

叫ぶ島岡に、坂木は振り向きもしない。

黙って歩けと兵が怒鳴り、背中を槍の石突きで打たれた島岡は、顔をしかめて呻いた。

村の者たちは小六の家に集められていると教えたのは、縄を引く兵だ。

島岡は、命があることに安堵しつつも、これから起こることを想像し、気持ちが落ち込んだ。村は焼き払われ、小六をはじめとする村人たちは、見せしめに殺されるのだ。

忠興と村を回っていた時に見た、別の村の光景が頭に浮かぶ島岡は、辛くなり、きつく瞼を閉じた。

坂木は、側近の篠崎に何かを告げ、警固《けいご》の者を連れて別の道に馬を走らせた。

島岡が目で追っていると、縄を引いている兵が、いやらしい笑みを浮かべた。

「村に美しい娘がいたのだ。殿のお手付きとなり、命を長らえるのだから良いであろう」

女のところに行くなら、すぐ処刑をされるわけではないようだ。

そう思い歩いているうちに、小六の庄屋屋敷が見えてきた。

露払いの兵が表門から入った。

足軽隊と鉄砲騎馬隊は、手狭の屋敷には入らず止まり、篠崎を見送った。

島岡が入ると門が閉められ、外の鉄砲騎馬隊が馳せて行く馬蹄の音が聞こえる。

すぐに異変に気付いたのは、篠崎だ。見張りに残していた兵の姿がないと言い、馬から降りた。

「村の者どもはどこに行った」

島岡の縄を引いていた兵は、先ほど、村の者たちは小六の家に集められていると確かに言ったが、庭や離れに姿はなかった。

「見張りの者はどうした！　捜せ！」

篠崎が怒鳴ると、兵たちに緊張が走り、門から出て捜しに行った。

篠崎は、人気《ひとけ》がない母屋に向かう。

島岡は縄を強く引かれて離れに歩かされ、軒先の柱に縛り付けられた。

縄を槍に持ちかえたその兵が、他の兵と共に警戒していると、母屋に入っていた篠崎が出てきた。顔を引きつらせている篠崎の喉元に、ぎらりと光る刀がある。

「篠崎様！」

叫んだ鎧武者が抜刀すると、篠崎が声をあげた。

「刀を捨てろ。わしを殺す気か」

戸口で言う篠崎だったが、鎧武者は従わず刀を構え、暗くて見えない戸口の奥に向かって言う。

「篠崎様の後ろにいる者、出てまいれ」

篠崎を歩かせ、戸口の暗がりから現れた者の姿に、鎧武者は息を呑んだ。

篠崎の頭が胸のあたりにある大男に、鎧武者は怯んだものの、刀を下ろそうとせず睨む。

「貴様、何者だ」

「鷹司信平が家来、江島佐吉」

「何、信平だと」

「そうだ。井田家の謀反のことは、庄屋の小六より聞いた。この者の命を助けたければ、武器を捨てて道を空けよ」

鎧武者は引かない。

「こちらにも人質がおるぞ。そこで提案だが、ここは穏便に、人質交換といこうではないか」

篠崎の声を聞いた兵二人が、島岡に槍の穂先を向けた。

皆が佐吉に注目する中、離れの屋根のてっぺんに信平が現れた。音もなく屋根を駆け、島岡に槍を向けている兵の背後に飛び下りる。

気付いた兵が振り向こうとしたが、後頭部を手刀で打たれて昏倒《こんとう》し、もう一人の兵が槍を向けた時、穂先が切り飛ばされた。

槍を捨て、刀を抜こうとした兵であったが、信平は狐丸で峰打ちして倒し、門から人を呼ぼうとした鎧武者に迫る。

目を見張った鎧武者は、応戦するために刀を振り上げ、気合をかけて打ち下ろした。だが、目の前に迫っていたはずの信平は視界から消えた。

それは一瞬のことだ。

横に飛んだ信平めがけ、刀を一閃した鎧武者であったが、空振りした刹那に背中を斬られ、鎧ごと狐丸に裂かれた激痛に呻き、両膝を地面について横に倒れた。

一撃で鎧ごと斬る信平の剣技の凄まじさに、篠崎は目を見張り、震える唇で言う。

「貴様、どうしてここにいる。毒に冒されていたのではないのか」

信平は答えず、佐吉に顎を引く。

佐吉はすぐさま応じ、大太刀の柄で篠崎の後頭部を打ち、気絶させた。

信平は、島岡の縄を切り、微笑む。

島岡は訴えた。

「坂木という大将がこの村にいます。鉄砲騎馬隊もいますから、戻れば厄介です」

「長居は無用じゃ。城へ送ろう」

島岡は頭を下げた。

「お助けくださり、かたじけのうございます。ここにいた者たちも、お救いくだされたのですか」

「公儀目付役の茂木殿が、小六と村の者たちを連れて、裏山から城へ向かっている」

信平がそう言った時、茂木は菱と共に行動し、小六の案内で城へ急いでいた。

島岡は訊く。

「それがしが捕らえられたことを、どうやって知られたのです」

信平は微笑んだ。

「麿は、坂木の帰りを待っていただけじゃ。行列にそなたの姿を見つけ、離れに潜んでいた。急ごう」

「はは」

島岡は裏山に向かおうとして、佐吉を見た。

佐吉は、気絶している篠崎の手に、信平の文を持たせている。

「麿の言伝《ことづて》じゃ」

信平はそう言うと、佐吉と島岡の三人で裏山に入り、城へ急いだ。

第四話　闇の光

一

途中で菱たちと合流した信平は、城下町を急ぎ、山元城の大手門に到着した。

各村から続々と集まる藩士たちを迎えていた城の者が、信平たちに気付いて走り寄ってきた。

「島岡殿！　ようご無事で。小六、お前たちも来たか」

島岡の手を取って喜ぶ藩士は、信平のことを不思議そうに見てきた。

島岡が教える。

「こちらは、鷹司信平様だ」

すると藩士は目を見張り、頭を下げた。

「殿からうかがっておりまする。拙者《せっしゃ》、郡奉行の内山と申します。以後、お見知りおきを」

うなずく信平は、城に続々と人が入るのを気にした。

島岡が内山に問う。

「戦支度をはじめたのか」

内山は、表情を引き締めてうなずく。

「籠城《ろうじょう》が決まりました。城下の者たちも入っています」

島岡は驚いた。

「何ゆえ籠城を選ばれたのだ」

「それがしには分かりませぬ」

「では殿に訊く」

島岡はそう言って、信平に向く。

「戦がはじまる前に、お逃げください」

「その前に、忠興殿とお会いしたい」

「分かりました。では、こちらに」

島岡の案内で、信平たちは大手門から入った。

本丸御殿までの縄張りは複雑で、石段も狭く急だ。まずは二ノ丸に入り、さらに本丸に上がる構造となっており、守りやすく、攻めにくい城。

そう思っていると、同じことを考えたのか、茂木が信平に言う。

「この城は、井田家より没収してすぐ、大幅な改築がされております。話には聞いていましたが、こうして間近で見ますと、難攻不落なのが分かります。藩の重役たちが籠城を選ぶのも、納得できます」

信平は相槌を打ちながら進み、本丸の門を潜った。

本丸御殿へ上がると、忠興たちがいる大広間に招かれた。

その前に信平は、佐吉が出してくれた黒の狩衣を着けて身支度を整え、菱を連れて大広間に向かった。

集まっていた藩士たちが、廊下を歩く信平に頭を下げている。

大広間に着くと、重臣たちが平身低頭して迎え、上座から下りた忠興が、信平の前で平身低頭した。

「信平様、お久しゅうございます。またお目にかかれ、忠興は嬉しゅうございます」

「その節は、世話になった。息災そうで何より。面を上げられよ」

顔を上げた忠興は、笑みを浮かべた。

上座を断った信平は、忠興が上座に着くのを待ち、向き合って座した。

島岡が、信平に助けられたことを先に伝え、小六や村の者たちも城に入ったと言うと、一同から安堵の声があがった。

忠興が改めて頭を下げ、礼を述べた。

信平は、二森藩と岩城山藩の領地を手に入れた井田家に囲まれる形となった宇多家と、忠興のことを案じていたと言い、井田家の本城がある塩竈に行く途中に立ち寄ったことを教えた。

神妙な顔で聞いている忠興は、菱のほうを見た。

信平は紹介せずに続ける。

「こちらの茂木殿は、公儀目付役だ。御大老より、御家の様子を見てくる役目を帯びておられる」

信平の右斜め後ろに座している茂木が、頭を下げた。

「お初にお目にかかります。信平殿が岩城山城へ入られる際、忠興殿のご助力があったことは聞いております。おかげで無事、城から逃げることができました。改めて、お礼を申し上げます」

忠興は恐縮した。

「わたしは、大してお力にはなっておりませぬ。そのようにされますと、困ります」

茂木が顔を上げ、公儀目付の面持ちをした。

「先ほど大手門で、籠城を決められたと聞き及びましたが、まことでございますか」

忠興は困り顔を一変させ、引き締めた。

「井田家の求めに、応じるわけにはまいりませぬ」

「井田家に味方するよう言われたことは、島岡殿から聞きました。そこで、公儀目付役としてお訊ねいたします。井田家の者は、将軍家に弓を引くと申しましたか」

忠興が答えようとしたが、襖を背にして座している重臣が口を挟んだ。

「筆頭家老の柿田と申します。井田家は、味方をするよう求めましたが、将軍家に弓を引くとは一言も申しておりませぬ。ですが、将軍家直臣の大名の領地へ攻め入ることは、謀反以外の何物でもなく、我らは籠城し、断固戦うことを決めました。そこで、公儀御目付役殿におかれましては、このことをただちに幕府御大老にお伝えいただき、一刻も早く討伐軍を向けていただきとうございます」

決意を込めた顔で懇願され、茂木は力強くうなずいた。

「ではさっそく、江戸に書状を送る」

するとと柿田が、顔をしかめた。

「残念ながら、急使を出すことは叶いませぬ。敵の見張りは抜かりなく、これまで二十二人もの命を失《うしの》うておりまする」

茂木はうなずき、言う。

「そのことは島岡殿から聞いておる。だが、我らは福島路から入ることができた。同じ道を使えば、抜けられるはずだ」

柿田は睨むような目をした。

「今、見張りは抜かりないと申し上げたばかり。敵は、城下から出る者を一人も逃しませぬ。よって、おそらくご一行が城に入られたことは、敵の大将に知らされておりまする。されど、数多の敵を倒してまいられた皆様ならば、江戸にお伝え願えるはず。どうか、当家の苦難をお救いくだされ」

頭を下げる一同に、茂木は困惑した顔を信平に向けた。

「いかがされます」

信平は茂木に小さくうなずき、忠興に言う。

「島岡殿から、公儀の援軍が来るまで井田家に従うふりをすることに決まったと聞いた。何ゆえ、籠城に変えられた」

「公儀にお知らせしようと密使を二度出したことがばれてしまい、到底受け入れられぬことを求められたのです。島岡が井田方に捕らえられた後、書状が届きました」

「何を求められたのか」

忠興は、柿田を見た。

応じた柿田が膝行し、信平に書状を渡した。

開いて見る信平。

書状には、兵糧米四万俵と城の武器弾薬、さらに、三万の兵を集め、忠興と共に井田の本城へ入らなければ、城を攻め落とし、城下と村を焼き払うと記されていた。

信平が茂木に渡すと、目を通した茂木は、険しい顔をした。

「これは、動かぬ証となります」

信平は茂木に言う。

「公儀に届かぬと思うているか、届くと見越しているか、どちらだと思う」

「二十二名もの密使をことごとく止めていますから、領外へ出さぬ自信の表れかと」

信平はうなずいた。

「となると、我らのことも同じ。出ようとすれば、多勢の兵を向けてこよう」

茂木は驚いた。

「では、井田家の術中にはまったと」

「そう思うたほうがよい。銭才の下には、座して相手の居場所を知ることができる加《か》茂光音《ものみつね》と、同じような技を使う者がいる。光音の札を持たぬ菱殿が探られているなら、動きを見透かされている恐れがある」

茂木は菱を見た。菱は、じっと信平を見て問う。

「その者は、千里眼を使うのか」

「どのような術かは分からぬが、麿が頼る陰陽師《おんみょうじ》が、そう申していた」

菱は納得したような面持ちとなり、前を向いた。

焦ったのは柿田だ。

「では、御大老に知らせることは、叶わぬとおっしゃいますか」

信平は柿田に向く。

「陰陽師が届けてくれた札により、姿は見えておらぬと油断していた。我らは菱殿のお命を守らねばならぬゆえ、敵中を抜ける危険を冒すことはできぬ」

柿田は菱を見た。

「その姫御は、名のあるお方の御息女ですか」

「井田に大きな力を奪われるかを左右される、大切なお方だ」

蜘蛛の頭領だというのを伏せた信平は、忠興に言う。

「籠城をすれば、井田方は大挙して攻めてこよう。戦になれば、大勢の者が死ぬ」

忠興は、意を決した顔でうなずいた。

「わたし一人を人質に出せと言うなら応じます。ですが、三万もの兵を集めるには、武家だけでなく、歩ける者は年寄りも含め、十二歳以上の男を領内から集めても届きませぬ。民を守るために、戦うことを決意しました」

柿田が言う。

「我が山元城は要害堅固。いかに大軍が攻め寄せようとも、押し返してやります」

次席家老の守口が勇んで続く。

「さよう。兵糧は二年分ありますから、籠城しているあいだに援軍が来ましょう。幕府軍が来た時は挟み撃ちにする。これが、我らの策です。井田方を殲滅してやりますぞ。のう、皆の衆」

守口の豪語に重臣たちが呼応して、大広間は熱を帯びた。

焦った様子の小姓が廊下に現れたのは、その時だ。

「申し上げます！」

守口が応じる。

「なんじゃ！」

「井田方と思しき兵が、国境を越えたとのこと。その数、およそ二万」

守口は焦った。

「藩士たちは城へ入ったか」

「はい。橋を落とすのを待つばかりにございます」

すると守口は笑い飛ばした。

「城兵は五千。それで十分だ。我が難攻不落の城があれば、二万や三万の敵に攻められても、びくともせぬ。御家老、手筈どおり支度にかかります」

「うむ。頼む」

「はは」

守口は忠興に頭を下げ、行こうとしたが、忠興が声をかけた。

「待て。橋を落とすのは、信平様が出られてからだ」

守口は応じて、信平たちを待った。

忠興が信平に言う。

「信平様、今のうちにお逃げください」

信平は微笑んだ。

「どうやら、麿が井田方を怒らせてしまったようだ」

「何をおっしゃいます。島岡と、村の民をお助けくだされたのですから、そのように思わないでください」

「そうではない。麿は村を去る時、井田の者に、坂木に宛てた言伝を持たせたのだ」

守口が問う。

「なんと書かれたのですか」

「民を苦しめる者に、明日はない。そうしたためた」

守口は驚いたが、柿田は含んだ笑みを浮かべ、信平に言う。

「怒ったならば、我らにとっては望むところでござる。じわじわと静かに攻められるより、派手に戦をしたほうが、諸国に知れ渡るというもの。江戸にも、早う届きましょう」

忠興は、はっとして信平に言う。

「こうなるように、仕向けられたのですか」

信平は首を横に振った。

「そのように深い意味はなく、ただ、坂木を戒《いまし》めようとしたまで。こうなっては、ここを去るわけにはまいらぬ。共に、戦わせていただく」

「それがしも残る」

茂木が言うと、菱は笑った。

茂木が驚いて顔を向ける。

「何がおかしいのだ」

「初めから見捨てる気などないくせに、回りくどいことをすると思ったまで。この領地にいる井田方の軍勢を見て、戦になることを察していたのであろう」

菱にそう言われた信平は、申しわけない、と言って頭を下げた。

「巻き込む形となった」

「よい」

「死なせはせぬ」

信平はそう言い、忠興に向く。

「共に戦い、援軍を待とう」

忠興は嬉しそうな顔をした。

「こころ強うございます」

守口が忠興に言う。

「殿、千人力を得られてようございました。では、橋を落としますぞ」

「うむ。頼む」

「はは。皆の者、戦じゃ！」

「おう」

一同が声を揃え、守口に従って動いた。

本丸からくだった守口は、集まっていた藩士たちに籠城して井田勢を迎え撃つことを告げた。

藩士たちの士気は高く、ただちに戦支度にかかった。

大手門前の堀にかかる橋は落とされ、北門と南門にかかる橋も落とされた。

城下の者や百姓たちは、広大な敷地の小丸《こまる》に集められ、井田の密偵が紛れ込んでいないか、徹底して調べられた。

七万石の山元藩の領地に暮らす民は五万と数千。すべての民を短時間かつ、井田の兵に知られずに城に入れるのは難しく、村に残っている者は少なくない。

忠興は、その者たちの命を案じて家来を走らせ、決して井田方に抵抗せず、従うよう指示していた。

重臣の中には、村人たちが人質にされることを案じる者がいたが、忠興は、従う者を殺しはしないと信じ、断腸の思いで残したのだ。

こうして、信平たちが城に入って半日後には、山元城下の町には誰もいなくなり、夜になると、城だけが松明《たいまつ》によって明々《あかあか》とし、活気に満ちていた。

二

小六の庄屋屋敷にいた坂木は、戻った物見から城下の様子を聞き、馬の鞭をへし折った。

そばで下を向いている篠崎を睨み、

「こうなったのは貴様のせいだ。島岡を逃がさなければ、このようなことにはならなかったのだ」

女と遊んでいた坂木に、篠崎は不服そうな顔を向けたが、何も言わず、ふたたび下を向いた。

「言いたいことがあるなら申せ」

怒鳴る坂木に、部屋の外に来た兵が言う。

「申し上げます。本陣から呼び出しがまいりました」

坂木は表情を一変させた。己の失敗を咎められると思ったのだ。

「お前も来い」

篠崎を従えた坂木は、小六の家を発ち、城下が見渡せる場所にある山寺に急いだ。

待っていたのは、二万の兵を率いて越境してきた豊後だ。

松明が明々と焚かれ、陣幕を張った本堂は、漆黒の鎧を着け、槍を持った兵に守られている。

坂木は、微動だにしない警固兵のあいだを進み、本堂に上がった。

守っていた兵が外障子を開ける。

中に入ると、鎧を着けた豊後が須弥壇《しゅみだん》を背にして床几に腰掛け、重臣たちと軍議をしていた。皆が囲んでいるのは、山元城の縄張りを記した絵図。

その一角を馬の鞭で示して指示していた豊後が、坂木を見てきた。

坂木は片膝をつき、頭を下げる。

「豊後様に出張っていただく事態になり、申しわけございませぬ」

重臣たちが、無能な者を見る目を向ける中、豊後は立ち上がり、坂木の前に歩む。

それだけで、坂木の背後にいる篠崎は平身低頭し、身体を震わせた。

豊後は、小姓が向けた太刀の柄をつかみ、抜刀した。蠟燭の明かりにぎらりと光る切っ先を、坂木の眼前に向ける。

「貴様が村の娘にうつつを抜かしていた時に信平が現れ、城方の者と村の者を逃がしたと聞いたが、まことか」

頭を下げたままの坂木は、目の前にある太刀に、ごくりと喉を鳴らした。

「申しわけございませぬ！」

「貴様のような愚か者は、皇軍にはなれぬ」

言うやいなや、豊後は坂木の首をはねた。

目の前であるじを殺された篠崎は、恐怖に顔を引きつらせて逃げた。

止めようとした警固の者に体当たりをして、本堂から飛び降りた。だが、鎧武者たちに槍の穂先を向けられ、囲まれた。

「どけ！　寄るな！」

叫びながら下がった篠崎は、本堂の前に出ていた豊後に振り向き、地べたに伏した。

「二度とご期待に背くことはいたしませぬ。どうか、もう一度働かせてください。庄屋の屋敷では油断し、不覚を取りましたが、信平と菱めの息の根を止めて見せまする。それがしに、城攻めの先鋒《せんぽう》をお命じください」

豊後は太刀を小姓に渡し、篠崎に言う。

「城攻めは他の者にさせる。貴様は、引き続き密使を見張れ。城から出る者は、すべて殺せ」

「はは」

命を助けられたことに安堵した篠崎は、走り去った。

豊後は中に入り、床几に腰掛け軍議に戻った。

そこへ物見が戻り、片膝をついて告げる。

「敵方が城下に火をかけました。堀に架かる橋は、すべて落とされてございます」

軍師を務める側近の戸波《となみ》が、渋い顔で豊後に言う。

「となると、ますます攻めにくうなりました。一日で落とすのは、厳しいかと」

豊後が目を閉じて考えた。

右の下座に座している重臣が、戸波に言う。

「城を囲み、兵糧攻めしかないということか」

その者の正面に座る別の重臣が、顔をしかめた。

「兵糧攻めでは半年や一年はかかる。江戸が援軍を出せば、挟み撃ちにされるぞ」

それを機に、重臣たちから次々声があがった。

「城方の攻撃を制しながら、堀を埋めてしまうのはどうか」

「それではいい的にされる」

「離れた場所で橋を造り、月が出ておらぬ夜に架けるのはどうか」

「堀は広い。門に届くほどの長さを一気に架けるのは無理だ」

「舟で渡って攻めるしかないということか」

「それもいい的にされる」

「ええい、どうすればよいのだ」

などなど、熱い意見が飛び交い、案は出尽くした。

どの攻め方も難しく、正面から行けば大勢の死傷者が出ることは間違いない。

皆の考えが兵糧攻めにかたむき、戸波が豊後に決断を求めた。

「兵糧攻めで、よろしゅうございますか」

目を閉じていた豊後は、じろりと戸波を睨んだ。

「江戸を攻めることを考えれば、兵を無駄に失いたくはない。皆が申すことが妥当だろう。だが、銭才様は程なく京で動かれる。兵糧攻めをしている暇はない」

戸波は不服そうだ。

「されど、城は難攻不落の要害。攻め落とすには、二万の兵では足りませぬ。塩竈の城に早馬を遣わし、さらに二万の兵を出させてはいかがでしょうか」

あざ笑う声に、戸波が怒気を浮かべた顔を向ける。

豊後は、本尊に向かってあぐらをかいている男を見た。

「肥前、いかがした」

すると肥前は、あぐらをかいたまま膝を転じ、豊後に厳しい顔をする。

「ずいぶん弱気な軍師殿よ。塩竈に援軍を求めれば、豊後もその程度かと言われるぞ」

豊後は鼻で笑ったが、戸波は聞き逃さず憤《いきどお》った。

「我らは、負けぬ戦をするための話をしておるのです」

肥前は片笑む。

「山元城などひとひねりで落とす。そう豪語していたのはお前であろう。絵図面を眺めたのみで判断し、援軍を求めるのが軍師か」

戸波は立ち上がり、肥前に言う。

「兵を失わず勝利に導くのが軍師の務め。口出ししないでいただきたい」

しかし、豊後が戸波に言う。

「肥前の言うとおりだ。塩竃には援軍を求めぬ。この程度の城を攻めあぐねるようでは、江戸城は落とせぬぞ」

戸波は唇を震わせ、ひとつ息を吐いて座りなおした。

豊後が肥前に余裕の面持ちで微笑み、皆に命じる。

「明朝城を攻める。各隊に伝達し、見張りを抜かりなく、兵を休ませろ」

下座に控えていた四人の伝令が出ていった。

豊後が肥前に言う。

「おぬしもいずれ、兵を率いて城を攻める時がこよう。わしの城攻めを、とくと見ておれ。中におる菱と信平は、逃しはせぬ」

肥前は薄い笑みを浮かべた。

「それは楽しみだ。銭才様に、良い報告をさせてくれ」

三

山元城は、二ノ丸と小丸に守られた本丸があり、天守《てんしゅ》は三重三階だ。漆喰《しっくい》壁は真っ白で、銀黒《ぎんぐろ》の瓦屋根の形が良く、美しいと評判の天守。その最上階に、忠興と二人で上がっていた信平は、明けたばかりの東の空を眺めていた。

水平線の彼方《かなた》に日が昇り、海と空が青さを増していく。目を細めるほど輝かしい海を見ていると、眼前を二羽の鸛《こうのとり》が横切り、北の空へと飛んでいった。

北側に移動し、城下に目を向ければ、一晩中火が見えていた町は灰になり、黒い景色が広がっている。まだ火がくすぶり、ところどころに、青白く細い煙が上がっている。

忠興は、座してうな垂れていた。二人の家老が反対を押し切り、敵の略奪を阻止するために、町を焼き払ってしまったからだ。

忠興は、活気に満ちていた山元の町が一夜にして灰になり、人の声が絶えてしまったことを悲しみ、声を殺して泣いているのだ。

忠興の心情を案じた信平は、そばに座し、そっと肩に手を置いた。

忠興がぼそりと言う。

「これでよいのでしょうか。戦になれば、大勢の者が死にます」

「辛い気持ちは分かるが、町の者たちは進んで城に入り、今は力を合わせている。兵のために食事を作り、腕に覚えのある者は共に戦おうとしている。皆、そなたのために戦うと言っているそうだ。この決断が間違っていれば、町の者たちは城に入らず、逃げていたのではないだろうか」

　忠興は信平を見た。

「そうでしょうか」

「井田に従えば、民はより苦しめられていたであろう。今は皆と共に耐え凌ぎ、江戸からの助けを待つしかない。共に戦おうとしている民に、顔を見せてやったらどうだ」

　忠興はうなずいた。

「では、行ってまいります」

「麿も供をいたそう」

　忠興は、ようやく笑みを浮かべた。

　階下へ下りようとしたところに、島岡が段梯子《だんばしご》を上がってきた。

「殿、信平様、朝餉の支度が調いました」

　忠興が言う。

「その前に、城に入っている民たちに声をかけてくる」

　島岡は、忠興の明るい表情を見て安堵した様子だ。

「では、ご案内いたします」

突然、鉄砲の音がした。一発ではなく、鉄砲隊が一斉に発砲した音だ。

南側からの音に、信平が窓辺に行くと、灰と化した町の中に井田家の旗印が見え、軍勢が近づいていた。先行していた鉄砲隊が、戦のはじまりを告げるように、発砲していたのだ。

「ご安心ください。本丸に弾は届きませぬ」

島岡が言うのに信平が振り向くと、忠興は落ち着いた顔でうなずいた。

三人で階下へ下りると、控えていた佐吉が続いた。本丸の南側にある内堀を渡り、民たちがいる小丸へくだった。

小丸と言っても敷地は広く、御殿と侍長屋がある。

活気がある民たちは、鉄砲の音に恐れている様子もなく、戦支度を続けている。庄屋小六の姿もあり、郡奉行の内山と、何やら真剣な顔で話している。

女たちは子供たちの面倒を見ながら、兵のためのにぎり飯を作り、障子と板戸を取り外した御殿には、怪我を負った者を収容する場が作られている。

小六と話を終えて指示を飛ばしていた内山が、忠興に気付いて片膝をつき、皆に殿様だと教えた。

女たちは手を止め、忠興に笑顔を見せる。

救護所の支度をしていた小六と男たちは庭に下り、言葉を待った。

忠興は皆の前に立ち、頭を下げた。

「戦になってしまったことは、すまないと思っている」

民たちは驚き、

「殿様は悪くないです」

若い男が言えば、中年の女が続く。

「そうですとも。悪いのは、井田の者たちです。あたしたちみんな、殿様のためなら半年や一年だって戦いますから。いいえ、殿様と一緒にいられるなら、何年だって籠もりますよ」

可愛《かわい》い子供に言う態度の女に、皆から笑みがこぼれ、場が和んだ。

忠興が言う。

「戦になれば、江戸から必ず援軍が来る。それまでの辛抱じゃ。皆、戦いは我ら武家にまかせ、矢玉が届くようになれば、本丸へ逃げてくれ」

これには、小丸をまかされている内山が驚いた。

「殿、それはなりませぬ」

「よい。ここに敵の手が及びそうになれば、皆を本丸に入れてくれ」

内山は応じて、皆に向く。

「聞いたかみんな。これで安心して働けるぞ」

民たちは喜び、ふたたび頭を下げた。

こうしているあいだも、鉄砲の音は多くなっている。

本丸に戻る忠興に続いた信平は、御殿には入らず、佐吉と共に、鉄砲の音がする南側が見える櫓《やぐら》に上がった。

そこには、藩士たちと共に、茂木と菱がいた。

外を見ていた茂木が、歩み寄る信平に言う。

「城の守りは鉄壁です。鉄砲の攻撃にもびくともしませぬが、それ以上に、宇多家の弓隊は優れております。地の利を生かして下へ向けて射られる矢は正確で、敵の先陣を下がらせました」

信平が窓辺に行って見ると、確かに鉄砲の音は止《や》み、外堀の対岸にいた兵が引いていた。だが、井田方はあきらめる様子はない。別の一団が出張り、ふたたび鉄砲による攻撃がはじまった。

先鋒隊より激しい攻撃は、城兵にも負傷者を出した。

守りに隙ができたところで、井田方は堀に舟を浮かべ、渡りはじめた。落とされた橋の袂《たもと》を足場にして、門を破るつもりなのだ。

城からの攻撃を受け、兵たちが堀に落ちる舟が続出したが、かい潜って渡り切る舟もある。石垣に着くなり兵たちがよじ登り、閉ざされている門扉の前に行く。

門は静まり返っている。

井田方は、門扉を打ち毀しにかかった。

薄い戸板は破壊され、門は容易く破られた。

「我らが一番槍《いちばんやり》じゃ！」

敵将が勇み、兵を引き連れて入った。だが、行く手には堅固な鉄扉の門があり、左右は高い石垣と壁がそびえている。

敵将は罠《わな》に気付いて止まり、

「下がれ！　引け！」

命じたが、後から後から兵が入り、鉄の門に押しやられる。

中から、今だ、という声がした。

鉄門の上にある格子戸が一斉に開き、弓の矢先が無数に出てきた。

左右も同じ。

押されて引き返すことができない敵将が息を呑む。

「放て！」

号令一下《いっか》、放たれた矢が井田方を襲う。

混乱した兵たちは、我先に堀へ飛び込んだ。運よく矢を逃れた敵将も堀へ飛び込んだが、鎧の重みが災いし、浮かび上がってこない。

泳げる足軽は、降りそそぐ矢にやられ、南門が手薄と見て攻めた百余名は、あえなく全滅した。

これを目の当たりにした井田方の武将は、門を破ることをあきらめ、鉄砲の攻撃を止めた。

大手門と北門の攻撃も止み、静かになった。

櫓で見ていた茂木が藩士に言うと、藩士は勇ましげな顔で頭を下げた。

「見事な守りだな」

城の守りは鉄壁。

そう判断した信平は、安心して櫓を下り、本丸御殿に戻った。

菱と茂木も、信平に続く。

佐吉を含めた四人で御殿に入った信平は、待っていた忠興と共に、遅い朝餉を摂りながら、これからのことを語った。

鎧を着けた二人の家老が同座している。

忙しく茶粥《ちゃがゆ》を食べていた柿田は、箸を止め、信平と忠興に言う。

「門を破られることはございませぬ。が、外堀の櫓からの知らせをまとめますと、城を囲む井田方に隙間はありませぬ」

横に座している守口が茶粥の器を置き、渋い顔で言う。

「先ほどの戦いで、城の守りの堅さは明らかとなりました。ことを起こした井田方は、江戸から援軍が来る前に落としたいはず。さらに激しい戦いとなりましょう」

柿田が胸を張った。

「矢玉はたっぷりある。何人攻めてこようが、結果は同じだ。殿、ご案じなさらず、しっかりお召し上がりくだされ」

食事をすすめられた忠興は、素直に箸を取った。

一口食べ、柿田に言う。

「民たちと兵たちも、食べているのか」

「はい」

「特に民には、腹を空かせることがないようにしてくれ」

柿田は微笑み、はは、と応じて頭を下げた。

信平は、優しい忠興と目が合い、笑みを浮かべてうなずく。

忠興が言う。

「我らが攻められていることは、江戸に伝わりましょうか」

「井田の領地に囲まれているゆえ、すぐとはいかなくとも、民から民に噂が広まり、いずれ武家の耳に入る。あるいは行商の者から広まり、必ず江戸に届くはず。それまで持ち堪えれば、宇多家の勝利。食べなければ、身が保《も》ちませぬぞ」

信平の言葉に、忠興はしっかりした顔でうなずき、食事を摂った。

柿田と守口は、温かい眼差しで忠興を見ている。

信平と目が合った柿田は、小さく顎を引き、食事に戻った。

佐吉が信平に言う。

「井田が攻めると分かっていれば、福島から使者を出しましたのに」

「そうだな」

「どうにもならぬことを言うな」

不機嫌な声をあげたのは菱だ。

佐吉が首をすくめると、菱は信平に言う。

「佐奈樹に、わたしのことは伝わっただろうか」

皆が聞く顔を向けるのを見た信平は、微笑むだけにしておいた。内心では、お初と鈴蔵が今どうしているか、気になっている。

四

五味は、佐吉から届いたばかりの文を持って、赤坂の町を走っていた。

信平の屋敷に行くと、門の前を掃除していた八平《やへい》が気付いてあいさつをしてきたが、五味の様子にいぶかしむ。

「五味様、何かありましたので」

そばで止まった五味は、膝を両手でつかんで身をかがめ、激しく息をしながら、

「お初殿を、ここに、呼んでくれ」

ずっと走ってきたから声も絶え絶えだ。

八平は、呑気な笑みを浮かべた。

「そんなに早くお会いになりたいのでしたら、お入りになればよろしいのに」

「もう一歩も動けぬ。早く頼む」

五味は石畳に座り、仰向けに寝た。

箒《ほうき》を置いた八平は、笑いながら中に入った。呼ばれて出たお初が、門前で大の字になっている五味に歩み寄る。

起き上がった五味は、おかめ顔に笑みを浮かべ、持っていた文を差し出した。

「佐吉殿からです。おれ宛の手紙には、ご隠居には内緒で、一刻も早くお初殿に渡してほしいと書いてありましたから、奉行所を抜け出してきました」

聞きながら文に目を通したお初は、目を見張った。佐吉は、善衛門の耳に入れぬことを前置きし、信平が毒に冒されて養生していることを書いていたのだ。福島から山元城へ行って、お初と鈴蔵を待つこと、そして、鈴蔵に伝えてほしいことが記されていた。

文を閉じて懐に入れたお初は、五味にも悟られぬよう平静を装った。

「中で休んで。わたしは役目があるから、すぐに出かけるけど」

「役目？　信平殿のところへ行くのですか」

不思議そうな顔をしている五味に、お初は首を横に振る。

「善衛門殿と話す間がない。甲府へ行くと伝えておいて」

急ぐお初に、五味がついて歩きながら言う。

「甲府といえば、上様の弟君の領地ですな。いったい、何をしに行かれるのです？」

「鈴蔵に、信平様のお言葉を伝えに行くだけだ。すぐに戻るから心配しないで。善衛門殿にもそう伝えておいて」

お初はそう言うと走って自分の長屋に戻り、旅支度をして、すぐに出た。裏門から出ると、五味が待っていたので目を見張る。

「危ないことですか」

真剣な眼差しの五味に、お初は真顔でうなずく。

「銭才に関わることだから、何があるか分からない」

「共に行きます」

「邪魔。そこをどいて」

「お初殿……」

腕をつかんだ五味を、お初は睨んだ。

「時がないと言っているだろう」

五味が手を放すと、お初は背を向けたが、立ち止まって言う。

「必ず信平様と戻るから、待っていろ」

そう言い残して走るお初。

「お初殿！」

声をかけたが、お初は振り向かず、漆喰壁の塀の角を曲がった。

「いったい、文に何が書かれていたのです」

五味はぼそりと言い、しばらく立ちすくんでいた。


忍びとしての脚力が衰えていないお初は、一睡もせず歩き通し、翌日の昼過ぎには甲府城下へ到着した。

佐吉が記していた場所に鈴蔵がいるかどうかは分からないが、躑躅ヶ崎館跡を目指し、武家屋敷が軒を並べる坂道を登った。

すれ違う武家の者たちが、旅装束のお初を見てきたが、呼び止めることもなく、甲府城のほうへくだっていく。

坂を登り切ると、城跡があった。これが躑躅ヶ崎館跡と見たお初は、鬱蒼《うっそう》と木が茂る城跡を右回りに進み、裏手に回った。

「お初殿」

後ろから声をかけられ振り向くと、一文字笠を着け、小袖に裁着袴を穿いた鈴蔵がいた。

「やっぱりお初殿だ」

そう言って駆け寄った鈴蔵が言う。

「行き違いにならなくて良かった。殿を追って、甲府を発とうとしていたところです」

城跡の反対側から甲府城のほうへ向かっていた鈴蔵は、お初を見かけて追ってきたという。

「まさかと思いましたが、やはりお初殿でした。わざわざのお越しは、殿から知らせですか」

お初はうなずき、あたりを見回した。

行き交う人の耳目《じもく》に入らぬよう、鈴蔵を城跡の堀端へ誘い、佐吉の手紙を渡した。

目を通した鈴蔵が、真顔でうなずく。

「殿はまだ、毒に苦しまれているのでしょうか」

鈴蔵の問いに、お初は答える。

「文に書いてあるように、快癒《かいゆ》に向かわれているから心配はないようだ。役目を終えたら、鈴蔵と共に、山元城で待っておられる信平様のところに行く。佐奈樹という者は、どうだった」

「父親の死を悲しみ、殺した者を生かしてはおかぬと憤っていました」

「行き先を伝えたのか」

鈴蔵はかぶりを振った。

「薄雪に味方せぬように、という、菱殿の言葉だけを伝えました」

お初はうなずく。

「それで、佐奈樹殿をどう見た。銭才の手に落ちていると思うか」

「菱殿が今どこにいるかしつこく問われましたが、守りたい一心ではないかと」

「どういうことだ」

「自分の目で、確かめられますか」

「鈴蔵が取り込まれていないと見たなら、そうなのであろう。行き先を伝えるから、案内して」

「すぐそこです」

鈴蔵は先に歩み、お初は油断なくあたりを見回して続いた。

案内されたのは、麦畑に囲まれた小さな家だ。屋根は板張りで、風に飛ばないよう石が置かれた作りは、三万の人を動かす頭領が頼りにする者が暮らす家とは思えなかった。

同じような家が八軒ほど集まり、小さな集落を形成している。

鈴蔵は、戸のかわりに垂らしてある筵《むしろ》をめくって中に声をかけた。

「佐奈樹殿、新たな知らせがあり戻りました。よろしいか」

中から、入れ、と言う声がした。

「お初殿」

鈴蔵に手招きされ、お初は後に続く。

中に入ったお初の目に映ったのは、地べたに藁《わら》を敷き詰め、囲炉裏を囲むみすぼらしさ。

そして、一人ぽつりとあぐらをかき、囲炉裏を火箸でつつき、煙そうな顔をした三十代の男だ。

髪はぼさぼさで、着る物も汚く、道で見かけていた土地の百姓のほうが、よほど立派に見える。雨露をしのげる家があるだけまし、といった具合の人物に、お初は鈴蔵に対し、ほんとうにこの男か、と、眉をひそめずにはいられない。

鈴蔵は、そんなお初に愉快そうな面持ちをして、男の正面で片膝をついた。

「佐奈樹殿、同じ家中のお初です。たった今、江戸から来たところです」

佐奈樹は、お初を上から下まで見て、顎を突き出してうなずいた。

無礼な男だ、と、口には出さぬが顔に出したお初は、鈴蔵を見た。

振り向いた鈴蔵が、笑みでうなずく。

そばに寄ったお初は、佐奈樹に言う。

「菱殿のことを伝えに来た」

すると佐奈樹は、お初を睨んだ。

「どこにおられる」

「福島から一旦山元城へ立ち寄った後、塩竈へ行き、薄雪を倒すそうだ」

佐奈樹は驚き、片膝を立てた。

「一人で薄雪を相手にされるおつもりか」

「我が殿と、公儀目付役もおられる」

「それは鈴蔵殿から聞いた。だが、塩竈へ行くとは一言も言わなかった。なぜだ」

佐奈樹にじろりと睨まれた鈴蔵は、気配を感じて右を見た。筵が開き、五人の男が現れて囲む。

「騒ぐな」

佐奈樹が言うと、男たちはその場で片膝をついた。

佐奈樹は鈴蔵に問う。

「おぬしは、頭領が今どこにいるか問うた時、何も言わなかった。どうして黙っていた」

「薄雪に味方するな、という言葉しか、受けていなかったからだ」

お初は、佐吉の文を差し出した。

「これにわけが書いてある」

受け取って目を通した佐奈樹は、ため息をつき、そばにいる仲間に渡した。

「頭領は、わしらが動けば大勢の人が死ぬと、案じておられるようだ」

目を通した仲間が、佐奈樹にうなずく。そして、お初に文を差し出して言う。

「知らせに来られたのは、信平殿が我らの助けを求めておられるから、と見ましたが」

佐奈樹と同じくむさ苦しい身なりの男に言われて、お初はうなずく。

鈴蔵が言う。

「殿は、薄雪が菱殿の命を狙うのを恐れて、同道しておられる。行き先を伝えるようおっしゃったのは、わけあって、人が足りぬと思われたからだ」

佐奈樹が問う。

「そのわけとは、なんだ」

「殿は、銭才の手の者により毒に冒された。別れた時は、菱殿の薬で快癒されたと思うていたが、また、倒れられたのだ。今は、快癒に向かわれているそうだが、心配だ」

佐奈樹はうなずいた。そして、仲間に言う。

「すぐに支度だ。甲府にいる者を集めろ」

「はは」

仲間の一人が出ていくのを見たお初が、佐奈樹に顔を向ける。

「何人集まる」

「甲府では、百と八人だ」

「その中に、裏切っている者はいないか」

すると佐奈樹が、険しい顔をした。

「裏切り者は、とっくに甲府を捨てた。ひっそりとした暮らしがいやになり、薄雪の甘い誘いに乗ったのだ。この家を見れば、無理もないと思うであろう。日ノ本中に散らばっている蜘蛛の一党の者は、皆、似たような暮らしをしている。銭才は、そこに目を付けたのだ」

鈴蔵が驚いた様子で問う。

「銭才を知っていたか」

佐奈樹はほくそ笑んだ。

「我らを見くびらぬことだ。徳川は、手を焼いているようだな」

「その銭才に、蜘蛛の一党が味方することを公儀は恐れている。殿が菱殿のもとに遣わされたのは、銭才に味方せぬようお願いするためだった」

「われらは頭領に従うのみ。徳川のことなど、どうでもよい」

「徳川を恨む気持ちは、菱殿から聞いた。その菱殿が、世を乱すまいと思われ、甲府を目指しておられたのだ。共にまいり、お助けいたそう」

佐奈樹は鈴蔵の声に耳をかたむけ、待っていろ、と言い、筵をめくって奥の部屋に入った。

お初は鈴蔵と、外へ出て待つことにした。

「信平様のお身体が心配だ。毒に冒された時のことを、詳しく教えてくれ」

お初がそう言うと、鈴蔵は神妙な顔で、黒い毒のことを教えた。

恐ろしい毒だというのを知っていたお初は、ますます心配になり、焦りも出た。

佐奈樹が出てきたのは、程なくだ。

髪を後ろでひとつに束ねた佐奈樹は、黒い小袖に裁着袴を着け、先ほどまでとは姿が見違えている。

半刻《はんとき》（約一時間）もしないうちに、配下の者たちも続々と集まりはじめた。

佐奈樹は待つあいだ、菱の首飾りを手に持ち見つめていた。口には出さぬが、今どうしているか心配で仕方ないのだろう。お初の目にはそう映った。

そこへ戻ってきた仲間が、血相を変えて皆をどかせ、急ぎ足で来た。

「小弥太《こやた》が、仲間を連れて甲府を去っていました」

佐奈樹は目を見張った。

「なんだと。では、これだけか。主だった者がおらぬではないか。どういうことだ」

「薄雪の仕業です。小弥太は、菱様が亡くなったと思い込み、奴の下へ走ったようです」

佐奈樹は、お初と鈴蔵に渋い顔を向けた。

「一足遅かったようだ。いなくなったのは、先代が亡くなられる前から、隠れ住むことに不満を持っていた者たち。薄雪は、その反骨《はんこつ》な気持ちを利用したのであろう」

お初が問う。

「何人で行ける」

「今はここにいる者たちのみだ。途中で仲間を集めながら行く」

ざっと、四十人足らず。ほとんどの者が、優しい顔をしている。

「戦えるのか」

お初がそう言って佐奈樹を見ると、佐奈樹は答えない。

「者ども、行くぞ」

佐奈樹が声をかけると、皆は応じて走った。

鈴蔵がお初に言う。

「蜘蛛の一党は公儀も恐れる者たち。今の質問は、野暮ですよ」

「だといいが」

お初は鈴蔵を一瞥し、佐奈樹を追って走った。

五

城攻めをはじめて十四日が過ぎても、一兵も城内へ入ることができていない。

本陣にいる豊後は、攻めるたびに増える死傷者の数に苛立ち、たった今届いた知らせに、馬の鞭をへし折り、目の前の台をひっくり返した。

うつむいて黙り込む重臣たちに鋭い目を向け、軍師の戸波を睨む。

「堀を埋める手はないのか」

「手を尽くしておりますが、敵の攻撃が激しく、思うように進みませぬ」

「どうにかしろ！」

珍しく激昂する豊後に、皆怯え切っている。

そこへ、小姓が来た。

「申し上げます。薄雪殿がお目通りを願われております」

豊後は小姓を睨んだ。

「通せ」

「はは」

小姓が下がり、程なく来た薄雪は、鉄兜《てつかぶと》を被り、鎖帷子《くさりかたびら》に黒の忍び装束をまとい、腰には刀を帯びている。

「遅かったな」

豊後が言うと、薄雪は片膝をつき、頭を下げた。

「甲府組の到着を待っておりました」

「そうか。今、軍師が堀を埋める手を考える。しばし待て」

「それには及びませぬ。来る途中で城を見てまいりましたが、我らにおまかせください。明日の朝までには、落としてご覧に入れます」

重臣一同が、怒気を浮かべた顔を向けた。

戸波が言う。

「我らが十四日攻めても落ちぬ城を半日で落とすとは、大風呂敷を広げたものよ」

薄雪は、含んだ笑みを浮かべる。

「そちら様が劣っているのではなく、城が堅固なのです。まともに攻めても、落とすことはできませぬ」

戸波は、ちらと豊後を見た。強攻を命じたのは豊後だ。そのことを知らずに言う薄雪の命を案じたに違いない。

だが、豊後は怒るどころか、笑い飛ばした。

「落ちぬか。なるほど、そちの言うとおりだ。まったく歯が立たぬゆえ、焦っておった」

薄雪も笑うと、豊後は真顔になり、見据える。

「まことに、半日で落とせるのだな」

「ご覧に入れまする」

「蜘蛛の一党の者は、何人集まったのだ」

「精鋭が五千。いつでも行けます」

豊後は歩み寄り、薄雪の肩に手を置いた。

「菱と信平が城にいる」

薄雪はほくそ笑んだ。

「捜す手間が省けました」

「逃がすな。さすれば、お前が蜘蛛の頭領。ことが成就《じょうじゅ》したあかつきには、甲斐一国のあるじだ」

「仰せのままに」

「篠崎」

豊後の声に応じて、境内から篠崎が上がってきた。

豊後が薄雪に言う。

「この者を連れてゆくがよい。篠崎、城のことを教えてやれ。少しは役に立って見せろ」

「はは」

篠崎は薄雪の背後に回り、付き従った。

薄雪が豊後に、自信に満ちた笑みで言う。

「我らの戦いぶりを、ご覧ください」

「うむ。楽しませてもらおう」

薄雪は頭を下げ、本堂から去った。

篠崎が続き、並んで何かを伝えている。薄雪はうなずきもせず歩を早め、外で待っていた配下たちを連れて城下へ向かった。


日が暮れはじめた頃、城を攻めていた井田方の攻撃が止まった。

今回も死者が出なかった城内では、勝ちどきがあがり、歓声へと変わっている。

小丸にいる小六や民たちは、今日の戦闘は終わったと安堵した。そして、ここからは自分たちの戦だと声をかけ合い、兵たちの食事の支度に取りかかり、活気に満ちている。

それらの様子を、本丸御殿の大広間で聞いた信平は、喜ぶ忠興と向き合い、油断せぬよう口添えした。

笑みを消した忠興は、信平に言う。

「十四日目が終わりましたが、そろそろ、江戸に届きましたでしょうか」

「そう願いたいものだが、確かめようがない。こうしているあいだも援軍が近づいていると信じて、耐えるしかない」

すると、柿田が口を挟んだ。

「敵はかなりの死傷者が出ているはず。兵糧攻めに切り替えぬのは、こちらの矢玉が尽きるまで攻め続け、尽きたところで、総攻めをする腹でしょう。ですがご安心ください。まだ鉄砲は一発も撃っておりませぬし、矢は、一割も使っておりませぬ。二万の兵では、落ちませせぬ」

嘘ではないのだろう、集まっている重臣たちの表情は明るい。

部屋に蠟燭の明かりが灯され、忠興と信平たちの前に、膳が運ばれてきた。

「一日終われば一勝、今日で十四勝したも同然。殿、しっかりお召し上がりくだされ」

重臣の一人が言い、忠興を励ました。

応じた忠興は、箸を取って食事をはじめた。

門を守る兵たちには白むすびが配られ、堀の対岸にいる井田方からは、酒盛りをする兵たちの声が聞こえる。

日々の戦いの中、日が暮れると攻めてこないことが分かっている城兵たちは、酒盛りの声に顔をしかめつつ、白むすびにかじりついている。

そんな中、堀の水面から三つの頭が出てきた。

黒ずくめのその者たちは、篝火《かがりび》が届かぬ闇に乗じて石垣に手を伸ばし、まるで蜘蛛のごとく身軽に、音もなく登ってゆく。

一人が城壁の下で止まると、わずかな隙間を足場に、城壁にへばりついた。その背中を仲間が上り、肩に両足を乗せる。そしてもう一人が背中を這《は》い上がり、二人目の肩に足を乗せたところで三人同時に伸び上がり、てっぺんの一人が恐るべき跳躍力をもって、城壁を超えた。

音もなく着地したその者は、暗がりに身を潜めて探る。

城兵たちは、石垣が高いこの場所には攻めてこないと思い込み、見張りを怠《おこた》っている。

忍び込んだ者は、黒い縄を堀に向かって垂らす。すると、二人の仲間がよじ登って入り、三人揃ったところで、行動をはじめた。

音もなく走る三人が向かうは、大手門。

篝火の下で車座になり、飯を食べていた城兵たち。その一人が呻き声をあげ、横に倒れた。

突然のことに絶句した城兵たちの目に映ったのは、後ろ首に深々と刺さる手裏剣だ。

「敵だ！」

飯粒を飛ばして叫んだ城兵のこめかみに手裏剣が刺さり、黒い影が頭上を飛ぶ。

慌てて槍をつかむ城兵たちに向かう三人は、弓隊に狙いを定められて止まった。

「放て！」

号令で射られた八本の矢が飛ぶ。だが、三人は切り飛ばし、後転して下がり、暗がりに染み込むように消えた。

「追え！　逃がすな！」

武将の命に応じた兵たちが、槍を向けて走る。ところが、三人が消えた暗がりから飛んできた無数の矢が兵たちを襲い、十人が倒された。

息を呑む武将。その目の前の暗がりから現れたのは、黒装束の集団だ。

六

食事を終えた信平が箸を置いた時、遠くから鉄砲の音が聞こえてきた。ふたたび戦いがはじまったことに驚いた重臣の一人が、夜襲だ、と叫び、見てくると言い出ていった。そして間もなく、血相を変えて戻ってきた。

「敵の新手に、大手門を破られました」

「何！」

柿田が叫んで立ち上がった。

「どういうことだ。敵はどうやって渡ってきた」

「忍びの集団が夜陰に乗じて石垣を登り、大手門を内側から攻めたのです」

重臣たちは騒然となり、持ち場に戻っていく。

柿田は、不安そうな顔をしている忠興のそばに来て、落ち着いた声で言う。

「ご案じなさいますな。内堀を越えることはできませぬ」

これには守口が異を唱えた。

「二ノ丸の門は陸続きです。落とされれば、本丸に攻め込まれます」

柿田が守口に顔を向けて言う。

「兵を集めて守りを固めよ。急げ」

「はは！」

守口が出ていった。

菱が信平に言う。

「見に行く」

「磨もまいろう」

信平は菱を連れて、大手門と二ノ丸を見ることができる櫓に急いだ。本丸御殿の庭から櫓に向かい、二階に上がった。格子窓から見ていた藩士たちが、信平に頭を下げて場を譲る。

開かれた大手門から敵が続々と入り、二ノ丸の門では、攻防がはじまっていた。

黒装束の敵は巧妙で、門前に城方の注意を引き付けておき、別の集団は、堀を照らしている篝火を蹴り倒し、闇を作っている。

「泳いで渡る気だ」

隣で見ていた菱が言い、藩士に場所を指差して教え、急ぎ知らせろと告げた。

藩士はすぐさま伝えに走り、二ノ丸を守る兵たちは、指示に従い城壁から下を見た。

内堀を渡ってこようとしていた忍びに向かって鉄砲が向けられ、一斉射撃の轟音《ごうおん》がする。

門を攻めにかかった敵は、城方から弓矢を射かけられ、大きく後退した。

入れ違いに現れた敵から鉄砲が放たれ、二ノ丸の門から破片が飛び散り、木を組み上げて急造りされていた櫓から、城兵の何人かが落ちた。

敵の動きは迅速で、別の場所から門内へ現れた集団が、二ノ丸の門を守っていた城方に襲いかかった。

その戦いぶり、攻めぶりを見ていた菱は、眉間に皺を寄せ、唇を噛んだ。

「あれは、蜘蛛の一党に違いない。薄雪だ。奴が来ている」

「蜘蛛の一党とは、何者ですか」

問う藩士に、菱は答えない。

門内での戦いは城方に分があり、鉄砲の一斉射撃を受けた敵数名が倒れ、槍を向けた藩士が、逃げようとした敵を突き、守り切った。

二ノ丸の門の攻防は続いたが、やがて敵は侵攻を止め、鉄砲の音も止んだ。

櫓に上がってきた佐吉が、信平と菱を見つけて歩み寄る。

「急ぎ御殿にお戻りください。敵から使者が来ます」

信平は菱を連れて佐吉に続き、忠興がいる部屋に急いだ。

柿田と守口も揃い、忠興の前に座っている。

信平と菱は、忠興のすぐ下座にいる茂木の横に座し、使者を待った。

二人の城兵に警戒されながら現れたのは、忍びではなく、井田方の武将だった。信平に見覚えのある顔、篠崎だ。

篠崎は信平と佐吉を見て、蔑んだ笑みを浮かべた。そして、忠興を守る重臣たちを見回し、下座にあぐらをかいた。

「坂木の言うことに従っておれば、このようなことにはならなかったものを。愚かな者どもよ」

これには柿田が憤った。

「無礼者め」

篠崎は鼻で笑って続ける。

「その坂木は、しくじりを責められ、総大将に手打ちにされた。わしも手ぶらで戻れば手打ちじゃ。そこで、これ以上無駄な血を流さぬために、和議を伝えに来た」

「何、和議だと」

柿田が言うと、篠崎は渋い顔で睨んだ。

「さよう。我らに味方するなら、忠興殿と城兵どもをお咎めなしといたし、領地を安堵する。先に渡した条件は、すべて白紙だ。我らに味方すると、一言言えばすむ。返答は一刻（約二時間）ほど待つ。それまで戦いはやめじゃ」

忠興が口を開こうとしたが、柿田が止めた。そして、篠崎に言う。

「あい分かった。話し合う」

「一矢でも放てば、この話はなかったこととする。よう話し合い、返事をしろ。よいか、猶予は一刻だぞ」

篠崎は高圧的な態度で言い、帰っていった。

重臣の一人が、無礼な奴だと憤慨したが、徹底抗戦しようとは言わない。他の者も、神妙な面持ちで押し黙っている。

下座にいる重臣が、

「条件は悪くない」

ぼそりと言ったのを機に、その場の熱気が下がっていった。

「確かに、悪くない」

別の重臣が言うと、守口がうなずき、忠興に膝を転じた。

「殿、柿田殿、それがしも皆と同じ意見です。今なら間に合います」

忠興は信平を見た。

それを見た柿田が、忠興に言う。

「殿、今の条件ですと、敵を城に入れずにすむはず。ここは休戦して、援軍を待ちましょう」

それがいい、妙案だ、という声が、重臣たちから上がった。

「甘い考えだ」

否定する菱に、皆が注目する。

守口が不服そうな顔で問う。

「罠だというのか」

菱は真顔でうなずいた。

「門を破った集団を率いる者は狡猾だ。和議に応じて門を開ければ、忠興殿は必ず殺される」

「知ったようなことを言うが、そなたの知る者なのか」

菱は守口を睨んだ。

「名は薄雪。奴に会ったことはないが、攻めてきた者たちは、わたしの父が育てた。その気になれば、今頃二ノ丸は落ちていたはず」

「なんと」

守口は驚き、重臣たちは騒然となった。

菱が言う。

「これには何か裏がある。奴らの言うことを信じるな」

守口が菱を指差す。

「攻めてきた者は、お前の父が育てたと申したが、お前は、いったい何者だ」

「蜘蛛の一党の頭領だ」

柿田がはっとした。

「徳川に弓を引く恐れがあると言われていた、あの蜘蛛の一党か」

菱は柿田の目を見た。

「徳川の者が勝手にそう思い込んでいるだけだ。我らは、争いを望まぬ。今敵となっている者は、元は父の配下だった。わたしが会津に囚われているあいだに、井田家の軍門にくだったのだ」

だが、柿田は信じない。焦った様子で、信平に問う。

「信平様、まことでございますか」

「うむ。磨と茂木殿は、蜘蛛の一党が徳川に弓を引かぬようにするために、菱殿のお命を守っている。薄雪は、菱殿を殺して頭領の座を奪おうとしている。そうなれば、今攻めてまいったような者三万が、井田方につく」

柿田は表情を一変させ、忠興に言う。

「蜘蛛の一党は、恐るべき技を使う集団と聞いております。やはり敵の申し入れを受け、味方するふりをして援軍を待つのが得策かと」

菱は驚いた。

「人の話を聞いていないのか。これは罠だと言っている」

「城内には、罪のない民がいる。その者たちを死なせるわけにはいかぬ」

柿田の言葉に、菱は不服そうな顔をしつつも、反論しない。

柿田は、忠興に決断を迫った。

忠興は迷った様子で、信平に助言を求めた。

守口がすかさず言う。

「これは宇多家のこと。信平様、お控えくだされ」

二人の家老に決断を迫られた忠興は、下を向いてしまった。だがすぐに顔を上げ、うなずいた。

「民を守るためには、仕方ない」

待ち受けていた柿田が即答する。

「では、味方することを伝えます」

柿田の指示を受けて出ていこうとした重臣の前に、菱が立ちはだかった。

「忠興殿は必ず殺される。それでもいいなら行け」

重臣は、迷った顔を柿田に向けた。

戦いが止まってここまで、四半刻（約三十分）ほど過ぎたろうか。このわずかな間《ま》こそ、薄雪が欲した空白だった。

本丸御殿に悲鳴が聞こえてきたのは、まさにその時だ。

男女入り乱れた悲鳴は、小丸がある方角からあがっている。

菱が外へ出た。

信平は佐吉に、忠興を守るよう命じて菱を追う。

櫓に上がった菱の横に行くと、菱は悔しそうな顔を向けた。

「やられた。薄雪は初めから、小丸を狙っていたのだ」

眼下では、建物がすべて焼かれ、逃げる民たちが、次々と襲われている。女子供も殺され、小六も倒れていた。この城の唯一の弱点である小丸を落とした敵は、すでに本丸の門を破りにかかっていた。守ろうとして戦っていた内山が、敵に斬られて倒れた。

下を見た藩士が言う。

「もう持ちませぬ」

絶望の声に、菱は顔をしかめ、信平を見てきた。

「どうする」

「こうなっては戦うのみ」

菱は、十六、七とは思えぬ大人びた面持ちでうなずいた。

「では、付き合うとしよう」

信平は、菱の目を見た。

「すまぬ」

「ふん。もう負けた気でいるのか」

そう言った菱は、探る目をした。

信平は微笑む。

「修羅場となろうゆえ、先に詫《わ》びただけじゃ。忠興殿を守る」

櫓から下りた信平は、城壁を越えてきた敵が投げた手裏剣をかわし、対峙した。

篝火に浮かぶ敵は二人。

抜刀した敵は、左右に分かれて襲い来る。

信平は狐丸を抜いて走り、敵の刃をかい潜りつつ左右に一閃し、突き抜ける。

二人の敵は信平に振り向いたが、呻き声をあげて倒れた。

菱が手裏剣を投げた。

城壁の上にいた敵の胸に命中し、小丸へ落ちていく。別の敵が城壁の上に現れ、五人が弓を引く。

信平は菱の手をつかんで走った。

射られた五本の内一本が、菱の髪をかすめて壁に突き刺さった。

ふたたび矢を番えて狙いを定めようとした敵たち。その時、本丸御殿の板戸が開けられ、鉄砲が火を噴いた。

撃たれた五人の敵は、小丸へ落ちていった。

大広間に戻ると、中は騒然としていた。

忠興を守っていた佐吉が信平に歩み寄る。

「殿、二ノ丸が落とされました」

「やはり、薄雪の罠であったか」

重臣の一人が菱に言う。

「そなたの言うとおりだった。我らの返答を待つあいだ戦いをせぬと言ったのは、油断させて、小丸と二ノ丸を一気に攻め落とすための策だったのだ。汚い手を使う、これが蜘蛛の一党の戦い方か」

菱は睨んだ。

「違う。薄雪がそういう男なのだ。だから騙されるなと言った」

重臣がなおも怒りをぶつけようとしたが、守口が止めた。

「やめい。ここで揉《も》めている場合ではない。二ノ丸から敵が迫っている。一兵たりとも本丸に入れるな」

重臣は応じて、菱を一瞥し、門を守りに向かった。

櫓門の二階に上がった重臣は、兵に鉄砲をよこせと言い、格子窓から外を見る。

門前を守る城兵が、敵の攻撃に押され、一人、また一人倒されていく。

重臣は鉄砲を受け取り、敵に向けて撃った。

門前に迫ろうとしていた敵に命中して倒れるのを見て、重臣が叫ぶ。

「押し返せ！　本丸へ入れてはならぬ！」

弾込めを急がせ、ふたたび鉄砲の筒を格子窓から出して撃とうとした目の前に、黒装束の敵が逆さ吊りにぶら下がってきた。

目を見張った重臣が筒先を向けようとしたが、敵が投げた手裏剣が眉間を貫き、声もなく仰向けに倒れた。その拍子に暴発した弾が城兵に当たり、壁まで飛ばされて倒れた。

櫓の中にいた城兵たちは、敵を槍で突こうとしたが、導火線に火がついた黒い玉が床に転がった。

気付いた城兵が、逃げろと叫んだその刹那、火薬玉が炸裂し、櫓門の上部が吹き飛んだ。

上からの攻撃が止み、敵の勢いが増した。

門の外で守っていた城兵たちが、押し寄せる敵に呑み込まれていく。

本丸御殿の大広間では、爆発の音を聞いた忠興が、今のは何かと恐れた。

島岡は忠興を落ち着かせ、信平に言う。

「この城には抜け穴がございます。殿を連れてお逃げください」

その声に、大広間が静まり返った。

皆、忠興と信平に注目している。

柿田と守口が揃って歩み寄り、柿田が勇ましい面持ちで信平に言う。

「敵はそこまで来ています。すぐに行ってください。それまで持ち堪えます」

すると忠興が、信平の前に出た。

「柿田、わたしは残る」

「なりませぬ。ここで御家を潰しては、あの世で先代に叱られまする。早くお逃げくだされ。島岡、そちが案内いたせ」

「家老のお二方がお逃げください。それがしが残って戦います」

守口が柿田に並んで言う。

「ならぬ。殿にはお前が必要だ。逃げて、殿と共に宇多家を守り立てるのだ。早く行け！」

そこへ兵が来た。

「本丸の門が破られそうです！」

柿田が今行くと言い、忠興に歩み寄り、優しい笑みを浮かべた。

「殿、殿のご成長を生きて見られぬのは残念ですが、あるじを守って死ぬのは、武家の誉《ほま》れ。ご覧くだされ。皆、良い顔をしておりますぞ」

目に涙をためた忠興が見ると、守口と重臣たちは、優しい顔で笑ってうなずいた。

柿田が言う。

「御家のため、民のためと思うて、生きてくだされ」

忠興は唇を嚙みしめ、うなずいた。

柿田が微笑み、信平に頭を下げた。

「殿をお頼み申します」

「あい分かった」

城の運命を悟った信平は、忠興と菱を促し、島岡に続いて大広間を出た。

頭を下げて見送る家来たちを振り向いた忠興は、顔をゆがめ、立ち止まって待つ信平に向くと、辛そうに目を伏せて廊下を歩いた。

島岡は天守に入り、一階の奥にある板壁の一部を開けた。二人の藩士が守る部屋には、井戸があるだけだ。

島岡は、その井戸の前で立ち止まり、信平に言う。

「この下から、抜けられます。先に行きますから、続いてください」

「承知した」

藩士から松明を渡された島岡は、井戸を下りた。

信平は忠興を促す。

藩士たちが頭を下げるのを見た忠興が、生きてまた会おう、と声をかけ、縄梯子を下りた。

次に菱を行かせ、茂木を促す。

後ろを守ると言う佐吉に応じて信平が下り、佐吉が続いて下りると、藩士たちは縄梯子を上げ、蓋をした。

下には横穴があり、先は真っ暗だ。ひんやりとした穴は、崩れないよう柱で支えられ、土は固められている。

松明を持った島岡が言う。

「この穴は外堀の先まで続いています。狭いですが、一刻の辛抱です。まいりましょう」

信平はうなずき、忠興と菱を守って穴を進んだ。

信平たちが抜け穴を進む中、天守では、二人の家老が敵と戦いながら本丸御殿から移動し、一階を守っていた。敵に囲まれながらも、武将としての血をたぎらせている。

家伝の鎧を着け、太刀を構える姿は勇ましい。

じりじりと間合いを詰めた敵が、二人同時に、守口に斬りかかった。

守口は大上段から一人を斬り伏せ、右側から斬りかかる敵の刀を小手の防具で受け止め、腹を突き刺す。足で蹴り放した守口の背後に、別の敵が襲いかかった。柿田が守り、太刀を一閃して切り飛ばす。だが、その柿田の背中に、槍が突き刺さった。

敵は槍を抜き、呻く柿田にとどめを刺そうとした。だが守口に背後から斬られ、出入り口に転がり落ちた。

守口は、倒れる柿田を抱きとめた。

「御家老、気を確かに」

呻いた柿田が、愉快そうに笑い、守口に言う。

「我ながら、よう戦《たたこ》うた。もう十分であろう」

守口は笑みを浮かべてうなずく。

「もうよかろうかと」

そう言った守口は、耐えかねたように血を吐いた。城を守って戦い、本丸御殿に火をかけた時、胸に矢を受けていたのだ。

鎧のおかげで即死はまぬかれ、ここまで戦ってきた守口は、倒れた。

柿田は敵を睨み、立ち上がる。よろけながらも太刀を構えていると、敵兵は左右に分かれ、一人の男が現れた。

鋭い眼差しの男に、柿田が言う。

「貴様が、薄雪か」

無言で近づく黒装束の男は、鋭い目を向けた。

「菱と信平は上か」

「知らぬ」

太刀を構えようとする柿田であったが、薄雪に胸を蹴られて飛ばされ、柱で背中を強打した。

上を調べた家来たちが、誰もいないと言って戻った。

薄雪は、城の中を見回した。そして、柿田を睨んだ。

「さては、抜け穴か」

柿田はほくそ笑む。

「知らぬ」

そう言った途端に、刀で喉を貫かれた。

引き抜いた薄雪は、倒れる柿田を見もせず、背後にいる家来に言う。

「抜け穴を探せ！」

応じた家来たちが一階をくまなく探し、一人が板壁に目を止めた。歩み寄り、板の端に手を当て、蹴破った。

その刹那、中から二本の槍で突かれ、家来は呻いて倒れた。

出てきた藩士が、井戸を守って敵と戦ったが、多勢に無勢。二人とも、あえなく倒された。

井戸をのぞき込んだ篠崎が、薄雪に言う。

「底は深そうです」

「お前に手柄を挙げる場を与えてやろう。十人ほど連れて追え」

篠崎は躊躇った。

薄雪が歩み寄り、蔑んだ目をして言う。

「どうした。怖いのか」

篠崎は意を決した。

「縄梯子を下ろしてくれ」

応じた薄雪の家来が、縄梯子を投げ入れた。

薄雪が選んだ十人が先に下り、篠崎が続く。

息を吹き返した守口が、井戸をのぞき込んでいる薄雪の後ろ姿を見て、そばに落ちている自分の太刀をつかむ。そして、近くにいた敵の足首を切断した。

呻いて倒れる敵。

守口はよろよろと、井戸の部屋に向かって歩き、入り口の壁にたどり着いた。その背中に、敵兵が忍び刀を突き入れる。

呻いて歯を食いしばった守口は、目の前の壁板を押した。

床が揺れ、地下から地響きがした。

井戸を見ていた薄雪の目の前で中が崩れ、下りたばかりだった篠崎と十人の家来は、瓦礫《がれき》に埋もれた。

怒りに目を見開いた薄雪が、井戸の部屋から出てきた。

力尽きて倒れた守口に、家来の忍びたちが刀を向けて殺到する。

身体をめった刺しにされながら、守口は薄雪に勝ち誇った微笑みさえ浮かべて、息絶えた。

薄雪は、側近の精鋭に命じる。

「抜け穴の出口を探せ！　菱を逃がすな！」

応じた精鋭たちが外へ出ようとした時、三人の配下が来て、薄雪に怒った顔で詰め寄る。

薄雪は睨んだ。

「小弥太、なんだ」

小弥太が言う。

「菱様を逃がすなとは、どういうことだ。頭領は亡くなったと言うから、おれたちは佐奈樹を見限って甲府を出たのだぞ。この城にいらっしゃるなら、甲府組は攻めなかった。お前、我らを騙したのか」

薄雪はとぼけた顔をする。

「騙してなどおらぬ。菱が生きていると、今の今知ったのだ」

「ならば、おれたち甲府の者が捜しに行く」

薄雪は明るい顔をした。

「おお、行ってくれるか。それは助かる」

小弥太が訊く。

「どこに行こうとしていたのだ」

「抜け穴から出たようだから、外堀の外の、どこかだろうな」

「よし、お前たちは手を出すな。いいな」

薄雪はうなずき、背を向けた。

「行くぞ」

小弥太が仲間の二人を促して出ようとした、その時、腹から太刀が突き出た。薄雪がやったのだ。

呻いて倒れる小弥太を見た二人が、目を見張って刀を抜こうとしたが、薄雪の家来たちに刀を突き入れられ、抵抗もできず倒れた。

「井戸に捨てておけ。菱が生きていることは、他の甲府組に知られぬようにしろ」

応じた家来たちが三人を片づけにかかった。

薄雪は精鋭の家来たちに行けと命じ、後に続いて出た。外にいた別の家来たちに火を消すよう命じた。

だが家来が言う。

「火の勢いが強く、手が着けられませぬ。油が流されていたようです」

「仕方ない。後始末は井田の兵にさせろ。お前たちも、抜け穴の出口を探せ」

「はは」

薄雪に続いて家来たちが走り、本丸から去った。

七

抜け穴を半刻（約一時間）ばかり歩いたところで、登り勾配《こうばい》に変わった。さらに半刻進んだ島岡は、松明を落とし、踏みつけて消した。

途端に目の前が真っ暗になり、何も見えなくなった。

「外に敵がいるかもしれませぬ。しばしご辛抱を」

島岡が言い、皆で息を潜めた。

「この先が出口となっていますから、見てまいります」

島岡が言い、暗闇の中で足音が遠ざかる。程なく、閂を外す音がして、闇に光が差し込んできた。淡い光は、城で見ていた満月の明かりだ。

「大丈夫です。おいでください」

島岡に応じて外に出た信平は、あたりを見た。そこは神社だった。抜け穴の出口は、本殿の真裏に建つ祠《ほこら》だった。

暗い穴から出たせいで、満月に照らされている境内は、やけに明るく感じる。

遠くから鉄砲の音が響き、忠興は走った。

信平が後に続いて行くと、正面の鳥居の先に見えたのは、炎に包まれた城だ。

「ああ、城がぁ」

忠興は叫び、その場にへたり込んだ。

小高い場所にある神社の境内の麓には、灰となった城下が広がり、炎に包まれた天守が、松明のごとくそれを照らしている。

城下を囲む井田の軍勢が整然と陣を張り、蟻が抜ける隙間もない。

城が落ちたことを悲しむ忠興に、菱が歩み寄り、片膝をついて言う。

「お前藩主だろう。めそめそするな」

忠興は答えず、袖で目を拭い、燃える城を見ている。

その横顔を見ていた菱が、

「すまぬ」

悲愴《ひそう》に満ちた顔で詫びた。

城を攻めた蜘蛛の一党の者たちを、頭領として止められなかったことを悔やんでいるに違いない。

黙って見ていた信平は、忠興と菱に歩み寄る。そなたのせいではない。そう菱に言おうとした時、涙を拭った忠興が、菱に顔を向けた。

「あなたのせいではない。悪いのは、あなたを裏切った薄雪。従った者たちも、罪なき民を無慈悲に殺《あや》めた。許せぬ」

菱は何か言おうとしたが、島岡が声をかけた。

「殿、敵に気付かれる前に去りましょう。夜が明けるまでに、福島に続く山に入ります」

「福島に行く道なら、わたしが案内できる」

菱が言った、その時、風を切って手裏剣が飛んできた。

狙われた菱はいち早く気付いて避け、手裏剣は地べたに突き刺さった。

忠興を守って立つ信平が狐丸を抜いた時、夜空に火矢が放たれた。

それを合図に、無数の黒い影が、森から染み出るように姿を現した。

囲まれまいとする信平は、皆を本殿に誘い、佐吉に背後を守らせた。

敵は、およそ二十。抜け穴の出口を探しに散っていた、薄雪の家来たちだ。

ここで足止めをされている間はない。

信平は狐丸を抜き、敵に迫る。

敵は手裏剣を投げた。

信平は、正面から来る手裏剣を狐丸で弾き、左右から迫る手裏剣は開脚して頭上にかわした。両足を空に向け回転して立ち上がるやいなや、左手を振るって小柄《こづか》を投げ、一人倒した。地を蹴って前に飛び、刀を抜いて斬りかかった敵の腹を斬り抜け、右から斬りかかってきた敵の一撃をかわし、背中を斬る。

信平に弓を向けて射ろうとした敵の首に、菱の手裏剣が突き刺さった。

信平をあきらめた敵は、菱に刀を向けて迫る。

追った信平は一人斬って倒し、菱を守って対峙する。

敵は忍び刀を向け、取り囲んだ。

佐吉が大太刀を構え、茂木と島岡と並んで忠興を守る。

「そこまでだ」

境内で声がした。

見ると、家来を率いた男がいる。

菱はその者を睨んだ。

「お前が薄雪か」

「そうとも」

「許さぬ！」

叫んだのは忠興だ。

「罪もない民の命を奪い、家来たちを殺したお前が憎い」

薄雪は片笑む。

「小僧、大名なら覚えておけ。戦とはこういうものだ。攻められる前に従っておれば、民も、家来たちも死なずにすんだのだ」

忠興は刀をにぎったが、信平が止め、薄雪に言う。

「己の欲のためにした酷い所業を、忠興殿のせいにいたすな。いかなる理由があろうと、貴様らがしていることは許されぬ」

「ぬるいことを言うな。これは戦だ」

そう言った薄雪に、菱が手裏剣を投げた。だが、薄雪は右手ににぎる太刀で弾き飛ばした。

「やめておけ。もはやお前たちに勝ち目などない。菱、わしを頭領と認めて従うなら、命は助けてやってもよいぞ。信平と忠興の命も、取らずにおいてやろう」

「お前の言うことなど、信じられるか」

「ここにいる者たちは、お前のことこそ信じられぬのだ。徳川のことしか考えておらぬ保科正之の言いなりになる、お前のことなどな」

「黙れ。正之侯は、蜘蛛の一党を下御門の魔の手から守るために、わたしを隠されたのだ。我らは誰にも仕えぬ。欲のために、蜘蛛の一党の誇りを捨てるのか」

「武田は織田信長に滅ぼされた。その織田の飼い犬であった徳川を滅ぼすために戦うことこそが、誇りではないのか。徳川を滅ぼせば、わしは甲斐の領主を約束されている。日ノ本中に散り、人に劣る暮らしをしている仲間を、甲斐に呼び戻せるのだ。皆で暮らすのは、我らの悲願であろう」

「そのために、何万何十万という犠牲が出る。井田もお前も、どうかしている。下御門が徳川に勝てると、本気で思うているのか」

「勝てるとも。なぜなら我らは、近々皇軍になるのだからな」

茂木が驚き、口を挟んだ。

「どういうことだ。何をたくらんでいる」

薄雪は茂木を睨む。

「公儀の犬のくせに何も知らぬとは愉快だ。菱、無能なこの者を見ても分かろう。徳川は、我らには勝てぬ」

菱は薄雪を見据えた。

「お前は、ただ上に立ちたいだけであろう。騙されぬ」

薄雪は鼻先で笑う。

「ならば仕方ない。者ども、皆殺しにしろ」

家来たちが出ようとした正面に、信平が立ちはだかる。

刀を向けた敵が前に出ようとした、その時、森から矢が射られ、足下に突き刺さった。

下がって警戒する薄雪たち。

森から現れたのは、佐奈樹と仲間たちだった。

菱が微笑む。

「来てくれたのか」

佐奈樹が歩み寄り、本殿の後ろから鈴蔵とお初が現れ、信平を守った。

鈴蔵が信平に言う。

「間に合いました」

「うむ」

逆に囲まれた薄雪が、引きつった顔で言う。

「どうしてここが分かったのだ」

すると、佐奈樹が言う。

「城下へ入った時、我らを裏切った甲府組の者が走っていたのを捕らえ、抜け穴の出口を探していることを知ったのだ。空に走る火矢を見て、駆け付けた」

「馬鹿な、国境を井田方が固めているはず。お前たちだけで抜けられるはずは……」

城下からした鉄砲の音に、薄雪ははっとした。

「まさか……」

佐奈樹が睨む。

「そのまさかだ。甲府からここに来るまでに、仲間を集めてきた。それに貴様、菱様が死んだと言ったそうだな。城攻めをした者の中にも、お前に騙された者がおろう。その者たちが事実を知れば、お前は八つ裂きだ」

薄雪は動じず、ほくそ笑む。

「ならば、嘘を事実にするまでよ。菱とお前が死ねば、わしに逆らう者はおらぬ」

言うと同時に右腕を振るい、囲む佐奈樹の仲間に向かって火薬玉を投げた。

炸裂の混乱に乗じて、薄雪の家来たちが襲いかかる。

蜘蛛の一党同士がぶつかり、乱戦がはじまった。

信平は忠興と菱を守って下がろうとしたが、薄雪が襲いかかってきた。

佐奈樹がその行く手を阻んだ。

「どけ！」

叫んだ薄雪は太刀で斬りかかり、刀で受け止めた佐奈樹の意表を衝いて腹を蹴る。

飛ばされた佐奈樹は、刀を構えて薄雪に向かおうとした。だが、薄雪は佐奈樹を家来たちにまかせ、信平に向かう。

薄雪と精鋭三人が、信平たちに迫る。

お初と鈴蔵、そして佐吉が菱を守って戦い、茂木と島岡が忠興を守っている。信平は、薄雪と対峙した。

薄雪が、鋭い眼差しで右足を出し、刀を低く構えた。

対する信平は、左手の手刀を薄雪に向けて左足を出し、右手の狐丸を背後に向けて構えた。

薄雪はすり足で迫り、逆袈裟《ぎゃくけさ》に斬り上げる。

信平は引いてかわすや前に飛び、狐丸で胴を狙う。だが、薄雪はすり流し、信平の背後を取った。

信平は、すぐ後ろに薄雪の殺気を感じた。

薄雪が刀を転じて、鋭く斬り下ろす。

背中を斬られる。

見ていた菱が目を見張った、その時、薄雪は空振りした。

黒い狩衣の袖が舞い、狐丸の刀身が月光に煌《きら》めく。

横に転じた信平に斬られた薄雪は、刀を振り下ろしたところで呻き、立ったまま絶命して仰向けに倒れた。

薄雪の死を見た配下たちが総崩れとなり、逃げはじめた。

追おうとする仲間を、佐奈樹が止める。

「深追いはならぬ。頭領を守ってこの場から去ることが第一だ。見よ、井田方が来る。急げ」

佐奈樹が言うとおり、城下の井田軍が動きはじめていた。

鈴蔵が信平に言う。

「退路は確保してあります。まいりましょう」

応じた信平は狐丸を鞘に納め、忠興を連れて神社から去った。


石段を駆け上がった井田の兵たちが、鉄砲を構える。武将の指示で足軽が境内を捜索し、骸まで調べにかかった。

軍師の戸波を従えて上がってきた豊後が、倒れている薄雪のところに来ると、顔をしかめた。

「信平と菱はどうした」

武将が駆け寄り、どこにもいないことを告げる。同時に、薄雪の家来が生きていることを教えられ、案内させた。

薄雪の家来は、背中に重傷を負いながらも、息を吹き返していた。その者から、薄雪が信平に倒されたこと、菱を助けに、佐奈樹が現れたことを知らされた豊後は、太刀を抜いて一閃し、家来の首をはねた。そして、戸波に命じる。

「城下に戻り、薄雪に従っていた者を皆殺しにしろ。菱が生きているからには、蜘蛛の一党は、必ず我らの邪魔となる」

「承知しました」

兵を率いて陣に戻る戸波。その時、城から地響きがしてきた。天守が焼け落ちたのだ。

太刀を右手に下げたまま城を見た豊後は、側近に言う。

「京の銭才様に早馬を出せ。信平と菱には逃げられたが、陸奥は平定した。兵を整え、狼煙《のろし》を待つと伝えよ」

側近は頭を下げ、走り去った。

燃え続ける城を見た豊後は、太刀を鞘に納め、満足そうな笑みを浮かべた。

八

鈴蔵とお初、そして佐奈樹たちに守られて難を逃れた信平たちは、さして休まず歩き続け、二日後には、白河《しらかわ》を越えて奥州街道を江戸に向かっていた。

追分のところで菱が立ち止まり、信平に別れを告げた。

「わたしは右の道をゆく」

「甲府まで送ろう」

菱は首を横に振る。

「佐奈樹たちがいるから大丈夫だ。甲府に戻り、薄雪の後始末をするつもりだ。我ら蜘蛛の一党は、どちらにもつかぬ。ふたたび会うこともないだろう」

信平はうなずいた。

「一党の安寧を願う」

菱もうなずき、忠興を見た。

「また泣いているのか」

忠興は、大切な民と家来を失ったことが、日を追うごとに響いているのだ。

無言で目尻を拭う忠興に、菱が歩み寄る。

「強い殿様になって、井田から領地を取り戻せ。この苦しみを、生きる力にしろ」

目を見る忠興。

菱は眼差しを下げた。

「すまなかった」

ふたたびあやまり、行こうとした菱に、忠興が言う。

「もうあやまらないでください。あなたは悪くありません。わたしは必ず、山元に戻ります。その時は、文を書きます」

菱は振り向き、無言でうなずく。そして信平に頭を下げ、右の道へ走った。

佐奈樹が信平に頭を下げ、仲間たちが菱を追って走り去った。

茂木が信平に言う。

「これで井田は、あてにしていた蜘蛛の一党をつかみそこねました。御大老は、潰しに動かれるでしょう」

「大きな戦になるか」

「山元城を落とした井田の力は増しておりますから、少なくとも、十万を越える軍勢が向かうでしょう」

薄雪が言っていたことが気になっていた信平は、茂木に言う。

「銭才、いや、下御門実光が気になる。公儀の軍勢が北へ向かうよう仕向けているとすれば、かの者の、望みどおりになりはすまいか」

茂木が答えようとしたのを信平が手で制し、気配を探った。前方の岩の上に現れた者を見上げる。

「肥前」

信平が言うと、佐吉とお初たちが信平を守って立つ。

肥前は、険しい顔で見下ろして言う。

「ここまで来て、尻尾を巻いて逃げるのか」

信平は佐吉たちの前に出て、肥前に問う。

「会津の佐久間家老のことを、医者を使って麿に教えたのは、おぬしか」

肥前は、そのことには答えない。信平を見据えて言う。

「見えている物のみが、真の姿ではない」

謎の言葉を残して去ろうとする肥前に、信平が問う。

「銭才が下御門だと言いたいのか」

横を向いた肥前は、これまでとは違った、悲しげな目を向けた。

「このままでは、世の民が地獄を見ることになろう。止めたければ、京に行け」

「どういうことだ」

肥前は答えず、岩の上から去った。

茂木が言う。

「罠でしょうか。それとも、京で何か起きるのでしょうか」

信平の頭に二つの文字が浮かび、声に出した。

「皇軍」

胸騒ぎがする信平は、皆を促し、江戸へ急いだ。

本書は講談社文庫のために書下ろされました。

|著者|佐々木裕一　1967年広島県生まれ、広島県在住。2010年に時代小説デビュー。「公家武者　信平」シリーズ、「浪人若さま新見左近」シリーズのほか、「若返り同心　如月源十郎」シリーズ、「身代わり若殿」シリーズ、「若旦那隠密」シリーズなど、痛快かつ人情味あふれるエンタテインメント時代小説を次々に発表している時代作家。本作は公家出身の侍・松平信平が主人公の大人気シリーズ、第９弾。

くもの頭領《とうりよう》　公家武者《くげむしや》　信平《のぶひら》(九)
佐々木裕一《ささきゆういち》

講談社文庫
定価はカバーに
表示してあります

2020年10月15日第１刷発行

発行者――渡瀬昌彦
発行所――株式会社　講談社
東京都文京区音羽2-12-21　〒112-8001
電話　出版（03）5395-3510
　　　販売（03）5395-5817
　　　業務（03）5395-3615

デザイン―菊地信義
本文データ制作―講談社デジタル製作
印刷―――大日本印刷株式会社
製本―――大日本印刷株式会社

Printed in Japan

ISBN978-4-06-521205-9

講談社文庫刊行の辞

二十一世紀の到来を目睫に望みながら、われわれはいま、人類史上かつて例を見ない巨大な転換期をむかえようとしている。

世界も、日本も、激動の予兆に対する期待とおののきを内に蔵して、未知の時代に歩み入ろうとしている。このときにあたり、創業の人野間清治の「ナショナル・エデュケイター」への志を現代に甦らせようと意図して、われわれはここに古今の文芸作品はいうまでもなく、ひろく人文・社会・自然の諸科学から東西の名著を網羅する、新しい綜合文庫の発刊を決意した。

激動の転換期はまた断絶の時代である。われわれは戦後二十五年間の出版文化のありかたへの深い反省をこめて、この断絶の時代にあえて人間的な持続を求めようとする。いたずらに浮薄な商業主義のあだ花を追い求めることなく、長期にわたって良書に生命をあたえようとつとめるところにしか、今後の出版文化の真の繁栄はあり得ないと信じるからである。

同時にわれわれはこの綜合文庫の刊行を通じて、人文・社会・自然の諸科学が、結局人間の学にほかならないことを立証しようと願っている。かつて知識とは、「汝自身を知る」ことにつきていた。現代社会の瑣末な情報の氾濫のなかから、力強い知識の源泉を掘り起し、技術文明のただなかに、生きた人間の姿を復活させること。それこそわれわれの切なる希求である。

われわれは権威に盲従せず、俗流に媚びることなく、渾然一体となって日本の「草の根」をかたちづくる若く新しい世代の人々に、心をこめてこの新しい綜合文庫をおくり届けたい。それは知識の泉であるとともに感受性のふるさとであり、もっとも有機的に組織され、社会に開かれた万人のための大学をめざしている。大方の支援と協力を衷心より切望してやまない。

一九七一年七月

野間省一